BIBLIOTHÈQUE ITALIENNE

Dirigée par Serge Quadruppani

LA PENSION EVA

DU MÊME AUTEUR
CHEZ LE MÊME ÉDITEUR

L'Opéra de Vigàta

Le Coup du cavalier

La Disparition de Judas

Andrea CAMILLERI

LA PENSION EVA

Traduit de l'italien (Sicile)
par Serge Quadruppani

Éditions Métailié
5, rue de Savoie, 75006 Paris
www.editions-metailie.com
2007

Titre original : *La Pensione Eva*

ISBN : 978-2-86424-622-0
ISSN : 1264-5834

1

Gradus ad Parnassum

"Elle est très longue et nécessite un exercice quotidien,
la route qui au Parnasse conduit..."
Muzio Clementi, *Gradus ad Parnassum*

Un peu avant ses douze ans, Nenè comprit enfin ce qui se passait dedans la Pension Eva entre les grands qui la fréquentaient et les femmes qui y habitaient.

Ce fut à partir du moment où sa mère fut d'accord pour qu'il s'en aille à trouver tout seul son père qui besognait au port, accord qu'il obtint quand il acommença de fréquenter le cours lémentaire, que Nenè fut pris d'une curiosité très grande pour la Pension Eva.

Nenè était bien obligé d'y passer, devant cette petite villa à trois étages presque collée au début du môle du levant, qu'on aurait dit toujours crépie de frais, avec les volets verts tenus fermés mais tellement resplendissants de couleur qu'ils donnaient l'impression d'avoir été peints tout juste à l'instant, sympathique, gracieuse, avec des fleurs sur le balcon unique du premier étage, qui lui aussi n'était jamais ouvert.

Souvent Nenè rêvait que là-dedans habitaient les gentilles petites fées, celles qui courent te sauver quand tu as fait un faux pas et que tu appelles terrorisé et désespéré. "Petites fées, mes petites fées, aidez-moi !" et elles apparaissent, font un geste de la baguette magique et en un tourne-vire mettent en fuite le loup effaré, l'homme noir, le brigand de passage. La porte d'entrée était éternellement entrouverte et sur le mur à côté était collée une plaque de cuivre brillante qui semblait d'or, où il était gravé en italique :

Pension Eva

Nenè le savait, ce que c'était qu'une pension, il l'avait demandé à un de ses cousins, qui faisait l'université à Palerme : c'était querque chose de mieux qu'une auberge et querque chose de pire qu'un hôtel.

A Vigàta, par ezemple, il y avait un hôtel et trois auberges, des endroits fréquentés par les marins de passage, les commis voyageurs, les représentants d'armateurs, les cheminots, les camionneurs, et à travers ces quatre porches c'était tout un va-et-vient continu.

Mais alors pourquoi de jour, devant le porche de cette pension, il n'y avait vraiment aucun mouvement ? Il lui était jamais arrivé, en passant à la lumière diurne, de voir âme qui vive bouger l'huis entrouvert en entrant ou en sortant.

Une fois, justement le lendemain matin du jour où il avait atteint sa huitième année, la curiosité fut si forte qu'arrivé devant la grande porte un peu plus ouverte que d'habitude, Nenè regarda tout autour de lui et, vu que dans la rue personne passait, il fit un pas vers l'entrée et pencha le torse tout doucement en avant, assez pour pouvoir facilement regarder dedans. Mais soit passqu'il était aveuglé par le soleil, soit passqu'il avait le sang qui bouillait, au début, il ne vit rin de rin. Par contre, il entendit deux femmes qui riaient et parlaient à voix haute dans une chambre lointaine, mais ne comprit pas ce qu'elles disaient. Il fit un autre demi-pas, rentra un peu plus la tête, et ses narines furent assaillies d'une émanation de propre, de savon, de parfum comme celle qu'il y a dans le salon du barbier.

Il fut tenté de rentrer encore un peu.

Il leva la jambe et tout à coup une main s'abattit entre nuque et col, lui tira la tête en arrière. C'était un homme en uniforme de capitaine de la Marine que Nenè connaissait et qui le regardait d'un air bizarre, entre fureur et amusement. Il parlait talien.

– T'es précoce, hein? A ton âge, tu aimes déjà le miel, gamin? Va-t'en tout de suite d'ici!

Nenè ne comprit pas ce que l'homme disait, mais s'enfuit quand même en courant, plein de vergogne.

Quand il entra au cours complémentaire, à ses questions sur la mystérieuse pension, ses petits copains, pour la plus grande partie délinquants précoces ou fils de charretiers, débardeurs et marins, lui expliquèrent tout de suite et quasiment en chœur toute l'affaire, entrèrent dans les détails, racontèrent des particularités, expliquèrent usages et comportements comme s'ils avaient passé leur vie dedans la Pension Eva.

Et lui, il eut le petit sourire de qui a tout compris. En fait, il avait rien compris, il était perdu.

Comme ça, une fois qu'il se trouva à passer devant la Pension avec son paternel qui le tenait par la main, il rassembla tout son courage pour lui demander:

– Papa, vrai c'est, que dedans cette maison les hommes peuvent louer des femmes nues?

C'était tout ce qu'il avait aréussi à saisir des explications de ses petits copains. A part qu'il avait aussi appris que la Pension Eva pouvait s'appeler aussi *bordel* ou *boxon* et que les femmes qui étaient là-dedans et qu'on pouvait louer étaient appelées *putains*. Mais *bordel* et *putain*, c'était des gros mots qu'un minot correct ne devait pas dire.

– Oui, arépondit, frais et tranquille, son père.

– Ils les louent à l'année?

– Non, pour un quart d'heure, une demi-heure.

– Et qu'est-ce qu'ils en font?

– Ils se les regardent, dit son papa.

Ça lui suffit. Pendant querque temps, il se contenta de l'explication, passque le Petit Jésus savait l'envie qui se le dévorait vivant de soulever la jupette de sa cousine Angela, qui avait dans les deux ans de plus que lui, et de voir comment elle était faite dessous.

A onze ans, sa mère lui donna enfin la permission espérée d'aller dans la soupente jouer avec les vieilles choses qui y étaient entassées. Avant, il avait toujours eu la même réponse : "Non, tu peux te faire mal, t'es trop pitchounet."

Heureux, Nenè le dit à Angela, qui habitait sur le même palier, et elle fit tant et si bien qu'elle obtint aussi la permission.

Dedans le grenier, au milieu de dizaines de palombes qui, au bruit qui les dérangea, battirent des ailes en soulevant une poussiérasse qu'on manquait s'étouffer, il y avait un cache-cache, un tourne-vire, un *cafarnao* de vieux meubles, chaises bonnes ou défoncées, sacs de jute pleins de papiers, autres sacs de journaux, revues, livres, malles avec dedans vêtements pliés de grands-pères et d'arrière-grands-pères morts et enterrés, une autre malle remplie de parements de curé, un piano mécanique qui marchait encore, des poupées de porcelaine qu'à l'une il manquait un pied et à l'autre la main, des valises fermées avec une ficelle, des pissadous qu'on n'utilisait plus, des jarres, deux sabres, un fusil à chargement par la culasse, deux pistolets de duel, des miroirs, un appareil photo avec trépied et capuche, des vases, des lampes à pétrole et même un énorme téléphone mural et un gramophone cassé.

L'imagination de Nenè qui, ayant appris à lire à cinq ans, connaissait déjà les romans de Salgari, se déchaîna.

Avec quelques habits et quelques bouts de tissu coloré, il suffisait d'un rien pour transformer Angela en Perle de Labuan ou bien en fille du Corsaire noir alors que lui, il était, à son bon plaisir, Sandokan, Yanez et plus souvent Tremal-Naïk, le grand chasseur de tigres. En un instant, le grenier devenait un lieu dangereux et mystirieux comme Mompracem. Mais ce qui l'enivrait presque de plaisir était de savoir que le sabre ou le pistolet qu'il empoignait étaient des armes vraies qui avaient été utilisées autrefois dans une guerre ou une autre.

Jusqu'à ce jour où ils découvrirent une mallette noire qu'ils n'avaient pas remarquée jusque-là et qu'ils ouvrirent. Elle avait dû appartenir à l'oncle 'Ntoniu qui avait été médecin, parce qu'à l'intérieur ils trouvèrent, au milieu d'un tas de flacons de médicaments qui puaient, un stéthoscope de bois, de ceux en forme de trompette, et un thermomètre.

– On dirait que je serais le docteur, et toi tu serais la malade, et que moi je devrais t'examiner, dit Nenè dès qu'il vit les instruments.

– Oui, oui, accepta Angela, enthousiaste.

Et elle alla se coucher dessus un divan plein de poussière et bancal passqu'il lui manquait un pied. Pour le caler, ils mirent dessous quatre livres reliés.

Depuis lors, chaque fois qu'ils montèrent dans le grenier, ce fut seulement pour jouer au docteur.

Au troisième examen, Angela retira sa robe et sa culotte sans que Nenè le lui demande. Elle ne disait rien, n'ouvrait pas la bouche tandis qu'il la boustiguait en la faisant virer et tourner sur le dos et sur le ventre. Mais à la fin du dixième examen, pendant qu'elle remettait sa robe, Angela parla d'une voix ferme et décidée.

– Demain on fait le contraire, dit-elle.

– Et comment ça ?

– On fait que tu serais toi le malade et moi l'infirmière.

Le lendemain, à peine entré dans le grenier, Nenè courut se mettre dessus le divan, couché sur le dos.

– Déshabille-toi, dit Angela.

Lui, il se sentit mal, il adevint rouge de vergogne. Il ne bougea pas, il n'avait pas le même enthousiasme qu'Angela pour se déshabiller. Il essaya de trouver un accord, une voie intermédiaire.

– Tout ?

– Tout complètement, ordonna la cousine, impitoyable.

Angela ne le laissa plus jouer le rôle du docteur, depuis ce moment Nenè fut toujours le malade. Mais il s'aperçut qu'il avait gagné à l'échange de rôles, il aimait encore plus que ce soit Angela qui le touche, surtout quand elle lui mettait le thermomètre à l'aine et que donc, par nicissité, elle devait lui manier la partie basse.

Et puis, en juin, quand arriva une canicule qui transforma le grenier en un four rougi à blanc, au point que même les palombes s'enfuirent, l'infirmière prit l'habitude de s'enlever elle aussi ses vêtements et de se coucher dessus Nenè. Il arriva comme ça que leurs lèvres commencèrent d'abord par s'effleurer, comme par hasard, puis restèrent longuement collées.

Après quoi tout changea, le jeu devint presque une lutte désespérée. Ils s'embrassaient, se baisaient avec rage en se mordant au sang, se caressaient, se griffaient, se léchaient, tantôt entortillés l'un à l'autre très étroitement comme deux serpents, tantôt glissant comme des poissons, la peau comme savonnée de sueur.

“Est-il possible, se demandait Nenè quand ils s'arrêtaient un peu pour reprendre haleine, que les grands qui vont à la Pension Eva et ont à leur disposition les femmes nues s'acontentent juste de les mater ? Ou bien ils font ce qu'Angela et moi on fait ? Ou bien ils font querque chose que j'ai pas encore compris ?”

L'autre chose qu'il ne comprenait pas encore, il la comprit en grande partie parce que le curé le lui expliqua quand, pour la préparation à la première communion, on l'envoya aux choses-de-Dieu. La première communion, Nenè la faisait plus tard que ses autres petits camarades : sa mère avait mis beaucoup de temps à convaincre son papa qui ne voulait pas, il aimait pas les choses de la calotte.

L'explication du catéchisme était donnée par le père Nicolò dans la sacristie de l'église et Nenè y allait après la réunion fasciste du samedi après-midi, encore en uniforme de cadet de la Marine.

Quand le père Nicolò en vint au commandement qui disait de ne pas commettre d'actes impurs, ou de trucs cochons, qu'on pouvait faire seul ou en compagnie, tout de suite Nenè se convainquit que ce que sa cousine et lui s'amusaient à faire dans le grenier était justement ce que le commandement prohibait absolument. Sous peine d'enfer éternel avec les méchants démons, le feu, la poix bouillante. Il se prit une bonne frousse.

Ils commettaient un péché. Et un sale péché mortel, c'était pas un truc à rigoler. Lui, il ne le savait pas mais Angela, qui avait deux ans de plus que lui et qui l'avait déjà faite depuis un bail, la communion, comment ça se faisait qu'elle ne savait pas que c'était péché? Et si elle le savait, pourquoi elle ne lui avait rin dit?

Il s'en retourna à la maison tout troublé et tracassé.

Pour recevoir la communion, raisonnait-il, il devrait renoncer aux choses cochonnes avec Angela, mais lui, il n'avait aucune intention d'y renoncer, elles lui plaisaient beaucoup. Et puis, il se demandait pourquoi il devait aller raconter ses affaires au curé à confesse.

Le lendemain, qui était un dimanche, les deux familles, celle d'Angela et celle de Nenè, allèrent passer la journée à la maison de campagne du grand-père et, en début d'après-midi, alors que tout le monde était allé se coucher assommé de pâtes *'ncasciata**, de chevreau au four et de

---

* Plat de pâtes au four dont chaque famille sicilienne a une recette différente, où entrent des aubergines, du fromage *caciocavallo*, des tomates, de la viande, etc. *(Toutes les notes sont du traducteur.)*

vin, Angela et lui sortirent de la maison et allèrent se glisser dans un fenil qui était bien pour parler seuls, mais pas pour jouer au docteur, étant donné que querque paysan risquait de passer à tout moment.

– Mais tu le sais que nous, dans le grenier, on fait des choses cochonnes et que c'est péché mortel ? attaqua Nenè.

– Qui te l'a dit ? lui rétorqua Angela sans paraître le moins du monde impressionnée.

– Le père Nicolò, à hier, aux choses-de-Dieu.

– Le père Nicolò se trompe, nous deux, dans le grenier, on joue. Les choses cochonnes, c'est seulement l'homme et la femme quand ils sont grands qui peuvent les faire.

Nenè réfléchit un peu et arriva à une conclusion.

– Alors, si c'est un jeu, pas besoin que je le lui dise, au curé, quand je vais me confesser ?

– Non, pas besoin. Au curé, tu peux lui raconter tout ce que tu veux, de toute façon, il en sait rien, si c'est vrai ou pas.

Tout à coup, il lui parut qu'Angela était devenue différente, plus experte, plus grande que lui, beaucoup plus que les deux années de différence qu'ils avaient.

– Demain, on y retourne, au grenier ?

– Bien sûr, dit Angela.

Le lendemain, quand il alla se mettre sur le divan et qu'Angela commença à s'enlever les vêtements, il éprouva un certain embarras. Il n'y arrivait pas, à se déshabiller, c'était comme la première fois. Qu'est-ce qui lui arrivait ? Pourquoi il avait honte ? Pourquoi il éprouvait de la vergogne aussi à regarder Angela qui, entre-temps, s'était déshabillée ? Tu veux voir que c'était tout de la faute de ce maudit curé qui lui avait mis le doute que ce jeu était péché ?

– Qu'est-ce que tu fais, tu deviens timide ? lui demanda Angela, impatiente.

Enfin, il se déshabilla et se laissa manipuler par sa cousine mais presque sans y prendre plaisir. Il avait la tête perdue derrière une question précise qu'il voulait poser à Angela, étant donné que celle-là, elle avait démontré qu'elle aconnaissait beaucoup plus de choses que lui.

A la première halte qu'ils firent, assis sur le divan l'un à côté de l'autre, Nenè pensa que c'était le bon moment et il demanda :

– Tu le sais ce que ça veut dire, *forniquer*?

Angela éclata d'un grand rire.

– Qu'est-ce qui te prend ? demanda, ébahi, Nenè.

– C'te mot, *forniquer*, il me donne envie de rire. C'est un mot qu'utilisent les curés ou qu'on trouve écrit dans les commandements, mais les grands disent pas comme ça.

– Comment ils disent ?

– C'est un gros mot.

– C'est quoi, c'te mot des grands ?

– *Baiser*. Mais il faut pas le dire à la maison, passque sinon ta mère te flanque une mornifle. Et si ça t'échappe, dis pas que c'est moi qui te l'ai dit.

Baiser lui parut vraiment un gros mot, un truc vilain et surtout très très cochon.

– Ça peut pas s'appeler autrement ?

– On peut dire aussi *faire l'amour*.

Faire l'amour lui sembla ce qu'il y avait de mieux, dans tous ces mots.

– Et comment on fait pour faire l'amour ? Tu le sais ?

Angela le regarda d'un air ennuyé.

– Je le sais, mais je n'ai pas envie de te le dire. Demande-le à un de tes copains.

– Tu es ma meilleure copine.

Du doigt, Angela montra l'entrejambe de Nenè et puis du même doigt son entrejambe à elle.

– Quand ça, là, entre dans ça, ici, ça veut dire qu'on fait l'amour, dit-elle à toute vitesse en avalant les mots.

Nenè la contempla, abasourdi. C'était quoi, ça, un jeu pour se dégourdir la langue ? Une devinette ? Ça là, ça ici… Il y avait rin compris.

– Tu me le réexpliques ?
– Non.
– Écoute, mais à quoi ça sert ?
– Ça sert à avoir du plaisir et à faire des enfants.
– Mais si ça sert à faire des enfants, pourquoi c'est un péché mortel ?
– Ça devient un péché quand c'est deux qui sont pas mariés qui le font, ou quand ils le font sans vouloir d'enfant.

Nenè resta pensif, il ne comprenait pas bien la différence entre quand c'était péché et quand ça ne l'était pas. Le seul moyen était d'essayer.

– Tu me montres comment on fait ?

Angela se remit à rire.

– Pas possible.
– Et pourquoi ? Passque c'est péché mortel ?
– Non, passque t'y arriveras pas.
– Alors que toi, oui ?
– Moi, oui.
– Et pourquoi moi non ?
– Passque tu l'as pitchounette.

Nenè fut atterré.

Dedans le grenier, le soleil disparut d'un coup, le grenier lui-même se retrouva près de la calotte polaire, une nuit profonde et froide descendit, un gel arctique s'abattit.

Voilà pourquoi il avait été exclu du premier coup de tous les concours qu'il avait faits avec ses petits camarades du cours élémentaire, tous avec le slip baissé dedans un vieil entrepôt de soufre abandonné, à se mesurer longueur et grossesse ! Ils n'avaient même jamais voulu la prendre en considération ! Sainte Mère, quel malheur ! Sainte Mère, quelle tragédie !

Pourquoi était-ce à lui, précisément à lui, qu'était arrivée cette très grande infortune ? Il n'aurait pas mieux valu qu'il naisse bossu, peut-être avec deux bosses, plutôt que de l'avoir si petite qu'il ne pouvait pas faire l'amour ?

Effondré, sans un muscle ou un nerf qui le soutienne encore, il se sentit fondre et glissa du divan à terre. Il avait du mal à se retenir d'éclater en sanglots.

– Qu'est-ce que tu as ? lui demanda Angela.

– Rin.

– Allez, va, parle.

– Si tu dis que je l'ai comme ça… ça signifie que moi, jamais…

Il n'y tint plus, des larmes grosses comme des pois chiches commencèrent à lui tremper le visage.

– Mais qu'est-ce que tu vas chercher, couillon ? Quand tu seras grand, tu l'auras comme tous les grands.

Si ça se trouvait, Angela disait la vérité. Qu'est-ce qu'elle y gagnerait, elle, à raconter des menteries ?

Dans le grenier, la lumière du soleil revint.

– Tu me le jures ?

– La prunelle de mes yeux et que je meure assassinée.

Nenè se sentit mieux. Angela avait prononcé un serment solennel. Il se leva et allait de nouveau s'asseoir quand lui arriva la révélation, ce fut vraiment comme un éclair dans sa coucourde. Il resta pétrifié au milieu de son mouvement, immobile, sans aréussir à bouger.

– Eh, oh ! l'appela Angela.

Il ne l'entendit pas. Voilà ce qu'ils y allaient faire, les hommes avec les femmes nues, à la Pension Eva !

Angela tomba soudain malade. Une nuit, la fièvre la prit et tout le monde pensa à une grippe qui passerait dans les trois ou quatre jours. Mais la maladie d'Angela ne fut pas une chose passagère, au point qu'on dut l'envoyer au 'pital de Montelusa. Il paraît qu'on lui avait trouvé querque chose aux poumons.

Au bout d'une petite semaine, l'absence d'Angela commença de peser lourdement à Nenè. Ce n'était pas tant parce qu'ils ne pouvaient plus se rencontrer au grenier – et puis cette histoire de grenier n'aurait plus été comme avant, bien sûr, à cause de ce que lui avait enseigné le curé – mais c'était parce qu'il avait besoin de parler avec elle, d'entendre sa voix, de la regarder dans les yeux. Ça le démangeait tant de la voir ne fût-ce que cinq minutes qu'il se décida à demander à sa mère si elle voulait bien l'emmener voir Angela au 'pital dès qu'elle pourrait. Mais sa mère lui répondit de s'ôter cette idée de la tête, elle ne l'emmènerait pas passque la maladie d'Angela était contagieuse.

Mais de ce qu'il s'était convaincu qui se passait dans la Pension Eva, Nenè avait absolument besoin d'avoir confirmation.

Avec Ciccio Bajo, ami de cœur et petit camarade de classe, ils avaient depuis longtemps pris l'habitude d'étudier ensemble, tantôt chez l'un tantôt chez l'autre. Mais ils n'avaient jamais parlé de cochonneries.

Un après-midi, deux mouches vinrent se poser sur le cahier de Ciccio et aussitôt l'une grimpa sur l'autre. Nenè leva un bras et du plat de la main écrasa les mouches. Ciccio s'énerva, lui lança un regard noir.

– Tu me dégueulassas le cahier !

– Excuse-moi, je vais te le nettoyer.

– Mais on peut savoir ce qu'elles te faisaient de mal, ces pôvres mouches qui voulaient baiser ?

Baiser ! Ciccio avait dit le mot cochon. Alors, Nenè comprit qu'il pouvait poser ses questions à son ami.

– Écoute, lui demanda-t-il tandis qu'il nettoyait le cahier avec son mouchoir, tu sais ce que c'est la Pension Eva ?

– Bien sûr. C'est un bordel.

– Et tu le sais comment on fait pour se faire donner une femme ?

– On rentre, on se choisit la femme qui plaît, on va baiser et quand on a fini, on paie la passe. Mais, de toute façon, inutile d'y penser maintenant.

– Pourquoi ?
– Passqu'on a pas encore l'âge. Pour aller au bordel, il faut avoir au strict minimum dix-huit ans passés.
Sainte Mère, qu'est-ce qu'il fallait attendre encore ! Une éternité !

Angela revint à la maison au bout de huit mois. On l'avait emmenée dans un sanatorium de Palerme. Maigre et pâle, les yeux très grands, elle était fatiguée et mélancolique. Elle ne resta que deux jours et Nenè n'aréussit pas à lui parler seul, sans personne entre les pattes. Et aussi passqu'Angela ne fit rin pour se retrouver seule avec lui. Ensuite, elle s'en alla chez certains parents de son père à Cammarata, où les médecins avaient dit qu'il y avait du bon air qui lui ferait du bien à la poitrine. Elle serait partie au strict minimum un an.

L'année passa et Angela ne revint pas.
– Mais elle n'est pas encore guérie ?
– De sa maladie, oui. Elle est complètement remise. Mais comme elle fréquente l'école de Cammarata, il vaut mieux qu'elle passe l'examen là-bas. Et puis, c'tes parents, un mari et sa femme qui sont vieux, ils la considèrent maintenant comme 'ne fille…

Chaque matin, dès qu'il se levait du lit pour aller à la salle de bains, Nenè s'observait longuement dans le miroir en se passant tout doucement une main sur le visage. Mais il ne sentait pas de poils, il n'en voyait pas l'ombre. Il lui semblait que ses camarades d'école grandissaient en fait beaucoup plus que lui : Jacolino (son prénom était Enzo, mais tout le monde l'appelait seulement par son nom), par ezemple, avait déjà les moustaches. Bon, c'est vrai qu'il avait deux ans de plus et qu'il était redoublant, mais lui, dans deux ans, il en aurait des moustaches ? Il en doutait et se désolait.

Se pouvait-il que lui seul fût destiné à rester un minot toute la vie ? Se pouvait-il qu'Angela, ce jour-là dans le grenier, lui ait raconté des menteries pour le calmer ?

Pour se faire passer la mélancolie qui l'assaillait à cette pinsée, il entrait dans le cabinet de travail de son père et se prenait un livre. Son père lui avait donné la permission de lire tout ce qu'il voulait et parmi les romans, il y avait ceux qui lui plaisaient beaucoup, d'un type qui s'appelait Conrad, d'un autre 'nglais, Melville, et d'un autre encore, mais qui était français, Simenon.

Dedans les pages d'un roman, à un certain moment, il se perdait comme parmi les arbres d'une forêt, sa tête s'en allait dans une autre direction, il se la sentait à la fois légère comme un ballon et lourde comme une pierre, alors au milieu d'une lecture il devait s'arrêter passque les lignes devenaient toutes tordues et emmêlées et que ses yeux arrivaient plus à rien mater.

Ce n'était pas comme quand il jouait avec Angela, qu'il devenait suivant son bon plaisir Sandokan ou Tremal-Naïk, non, parce que ce qu'il lisait lui procurait une espèce de faiblesse, une langueur dedans le corps entier qui l'étourdissait comme un parfum très fort, oui, c'était une espèce d'étourdissement d'ivrogne, plaisant et douloureux à la fois.

Elle pouvait toujours l'appeler, sa mère, parce que c'était l'heure de manger ! Il ne l'entendait même pas. Et quand elle, furieuse, venait le secouer par une épaule ou lui donner une taloche derrière la nuque, Nenè la fixait comme une étrangère et regardait tout autour de lui, en reconnaissant avec peine l'endroit où il se trouvait.

Une fois qu'il avait grimpé sur une espèce de chaise pour arriver dans la partie haute de la bibliothèque, il se décida à prendre entre ses mains un gros livre relié de toile rouge et au titre inscrit en lettres d'or. Quand il le saisit, il faillit le laisser échapper tellement il pesait. Il l'ouvrit seulement pour y jeter un coup d'œil avant de le remettre en place. Et, tout de suite, il vit qu'il y avait un dessin représentant une femme nue, enchaînée à une espèce de rocher, qui chialait désespérément.

Sainte Mère, qu'elle était belle, cette femme! Les cheveux très longs ne réussissaient pas à cacher les grandes cuisses! Et quels nichons bien bien ronds qui lui pointaient sur la poitrine!

De ce moment, le *Roland furieux* de L'Arioste, avec les dessins d'un peintre qui s'appelait Gustave Doré, devint sa lecture quotidienne. Les pages de ce livre étaient épaisses et si lisses qu'elles brillaient dans la lumière. Et comme ça, à Nenè, en fermant les yeux et en passant un doigt léger pour suivre les contours d'un corps de femme nue, il semblait toucher la chair vivante.

Souvent, il gardait les yeux mi-clos, comme pour mieux viser, de façon à ce que la pulpe du doigt aille caresser un endroit précis, juste en bas sous le ventre nu d'une femme, là où entre les deux cuisses et sous le ventre se formait une espèce de V. Il y décrivait des cercles pitchounets, insistants, continus, jusqu'à ce qu'il lui vienne au-dessus de la lèvre un voile de sueur, comme s'il avait bu un vinaigre fort.

Surtout, à part les dessins qui étaient très beaux, et pas seulement ceux qui représentaient des femmes nues, le texte qui était écrit en poésie lui donnait de grandes satisfactions. Au point qu'il apprit par cœur plus d'une centaine des vers qui lui plaisaient le plus. Et chaque fois que dans l'histoire Angélique apparaissait, il pensait à Angela qui s'appelait quasi pareil.

Angela! Quand elle reviendrait de Cammarata, pourraient-ils se voir encore au grenier? Maintenant, il était sûr que si ça devait encore arriver, le jeu n'en serait plus un. Si ça se trouvait, les nichons lui étaient poussés. Et cette pensée le brûlait, avec son cœur qui se mettait à battre. Après, d'un coup, il devenait blême comme un mort et une autre idée surgissait : et si Angela, désormais devenue femme, lui disait qu'elle ne voulait plus rien avoir à faire avec un garçon comme lui qui n'avait pas grandi comme les autres ? Est-ce qu'Angela pouvait se mettre avec un garçon resté pitchounet ? Et en conséquence avec un truc très très pitchounet ? Avec une espèce de nain sans un poil qui soit un poil nulle part ?

– Ciccio, mais tu penses que moi, je deviendrai grand comme toi ?

– Ouh, quel grandissime tracassin !

– Dis-le-moi, s'il te plaît.

– Mais tu te rends compte que tu me poses cette question un jour sur deux ?

– S'il te plaît, donne-moi une réponse !

Ciccio perdit son calme.

– Mais toi, gros crétin débile, au jour d'aujourd'hui, comment tu crois que tu es ?

– Très petit, presque un nain.

Sans mot dire, Ciccio se leva, le prit par une main, le conduisit devant le miroir de l'*armuar* et se mit à côté de lui.

– Tu le vois pas qu'on a la même taille, idiot ?

Nenè se mata. Y'avait pas à tortiller, ils étaient de la même taille, mais lui, il se sentait plus petit. Qu'est-ce qu'il y pouvait ?

2

L'embarquement pour Cythère

"Venez dans l'île de Cythère,
en pèlerinage avec nous..."
Florent Dancourt, *Les Trois Cousines*

Le jour où Nenè eut quatorze ans, lui, Ciccio, Jacolino et deux, trois autres camarades d'école s'achetèrent trois tranches de pastèque chacun et s'en allèrent les manger à l'Escalier des Turcs, une colline de marne blanche et solitaire qui formait de larges degrés s'enfonçant dans la mer. Ses amis s'amusèrent, Nenè non.

Jacolino raconta qu'une camarade d'école se laissait toucher les nichons sans faire trop d'histoires, Ciccio comment il avait réussi à glisser une main dessous la jupe de sa bonne. A un certain moment, Nenè grimpa les degrés, s'étendit à terre et se mit à fixer les étoiles, enveloppé dans un manteau de mélancolie.

– Angela revient demain matin, dit sa maman trois jours plus tard.

Ils venaient juste de finir de manger et restaient encore assis à table passque papa se prenait le café.

– Combien de temps elle reste ? demanda papa.

– Pas longtemps. Mardi matin, elle s'en retourne à Cammarata.

– Dommage alors que je puisse pas la voir, dit papa. Ce soir, je vais à Palerme et je serai parti quatre jours.

– Et toi, Nenè, tu n'es pas content ? demanda la maman en voyant que son fils gardait la tête baissée sur sa poitrine, comme il faisait quand il pensait avoir été gravement offensé.

– Oui, oui, dit Nenè en se levant pour gagner sa chambre.

Il se jeta à plat ventre sur le lit, pour étouffer les battements de son cœur qu'il lui semblait qu'ils devaient s'entendre jusqu'au milieu de la rue.

Nenè se trouvait sur le balcon avec sa mère quand arriva la voiture en provenance de Cammarata. Le père et la mère d'Angela, l'oncle Stefano et la tante Trisina, en descendirent les premiers et elle enfin.

Nenè faillit ne pas la reconnaître.

Cette jeunesse grande, habillée avec élégance, les cheveux noirs et bouclés jusqu'au milieu du dos, des boucles d'oreilles, le sac à main au creux du bras, c'était Angela, bien sûr, mais ce n'était plus Angela.

Pour fêter son retour, *'u zù*, l'oncle, Stefano et *'a zà*, la tante, Trisina voulurent que Nenè et sa mère mangent avec eux. Nenè, qui était assis en face de sa cousine, la mata quelques fois par en dessous mais elle, chaque fois qu'elle levait les yeux de son assiette, s'arrangeait pour ne jamais le mater.

Et elle avait raison, se dit amèrement Nenè. Qu'est-ce qu'elle avait en commun, une grande jeune fille comme Angela, avec un garçon resté nain comme lui ? Avec un gars sans poils, comme un vers ?

Dedans son oreille commença de s'élever un bruit constant, une espèce de fort ressac qui l'empêchait d'entendre les propos que les autres tenaient. Bien sûr, c'était le battement de son sang qui faisait cette rumeur. Pour se donner du courage, il se but cul sec un demi-verre de vin.

Tout à coup, sa mère le secoua en le tenant par un bras, mauvaise :

– Mais qu'est-ce que tu fais, tu ne manges pas ? Mange ! Et ensuite, à l'adresse de sa sœur Trisina : et alors, parle-moi de ce fiancé d'Angela.

– C'est un brave gars, il s'appelle Marco, il a vingt-trois ans et il besogne…

Angela s'était fiancée, à Cammarata !

La nouvelle fut très précisément identique à un grand coup de poing dans la poitrine. Nenè ne parvint plus à rin entendre passque le bruit dans l'oreille reprit, mais cette fois c'était une mer tempétueuse. Il comprit qu'il avait blêmi comme un mort, la pièce avec les pirsonnes et les meubles commencèrent à lui tourner autour, il dut s'agripper à la table pour ne pas tomber.

– Qu'est-ce que tu as ? Tu te sens mal ? entendit-il sa mère lui demander, très loin.

Il n'arépondit pas, réussit à se lever, se dirigea vers la porte en chancelant.

– N'aie pas peur, dit l'oncle Stefano à sa mère. Il se but un demi-verre de vin, je l'ai vu.

Il traversa le palier qui séparait les deux appartements, entra dans sa chambre, se jeta sur le lit, se couvrit la tête de l'oreiller et, enfin, fondit en larmes.

L'après-midi, Angela alla trouver son grand-père et resta le soir manger chez lui. Nenè traîna à la maison, il n'avait aucune envie de sortir et de tomber sur Ciccio, et quand il prit en main le *Roland furieux*, l'histoire du paladin qui devient fou d'amour lui serra la gorge.

Il renonça à lire, s'étendit sur le lit les yeux au plafond. Ne se leva qu'au moment où sa mère l'appela à table, mangea en se forçant parce qu'il n'avait pas de 'pétit et alla vite se coucher.

Il n'aréussit à s'endormir qu'à sept heures de l'aube et quand sa mère l'aréveilla, il était complètement hébété.

– Aréveille-toi. On va tous à la messe et après, on va rendre une visite à Mme Palumbo qui est malade. Ouvre l'*armuar*, dedans il y a une belle surprise pour toi.

Dès que sa mère fut sortie, Nenè sauta du lit et courut à l'armoire. Il savait ce qu'il allait trouver, sa mère avait tenu la promesse faite un mois plus tôt : un costume avec, enfin, le pantalon long, un costume d'homme à endosser le jour même, qui était un dimanche.

Il gagna la salle de bains, se lava, s'habilla, se regarda dans le miroir : peut-être le pantalon était-il un petit peu trop long, les jambes formaient un gros pli sur les chaussures, mais il lui allait très bien. La veste aussi lui tombait bien sur les épaules. Un instant, il pensa à sortir dans la rue et à se faire voir d'Angela vêtu comme un grand à la sortie de la messe, mais il changea vite d'idée et retira la veste.

Ce fut alors qu'il entendit un grand fracas dans la cuisine, peut-être une casserole tombée à terre.

Mais qui était à la cuisine ? Ils n'étaient pas tous sortis ? Il alla voir.

C'était Angela, en chemise de nuit et pieds nus, qui lui tournait le dos et cherchait quelque chose sur un buffet. Il eut le souffle coupé, la bouche sèche, les jambes en coton, au point qu'il dut prendre un siège et s'asseoir.

– Qui est là ? demanda Angela, effrayée, en se retournant.

Nenè n'eut pas la force de parler, un tremblement s'était emparé de l'intérieur de son corps parce qu'à l'instant où sa cousine s'était retournée, il s'était aperçu qu'elle ne portait que la chemise transparente et rin en dessous.

– Je croyais que tu étais allé à la messe, dit Angela.

– Et moi, je pensais la même chose de toi, parvint à articuler Nenè.

– Tu le sais, où ta mère garde l'origan ?

– Non.

– Mais tu as un pantalon long ! Fais-toi voir !

Nenè aréussit à se lever. Angela l'observa d'un air satisfait, l'œil brillant d'allégresse.

– Tu es devenu un homme, Nenè! dit-elle ensuite en tendant le bras et en lui prenant la main.

Comment se retrouvèrent-ils dans les bras l'un de l'autre? Dans une étreinte éperdue. Serrés à se faire mal. Nenè sentait le parfum des cheveux et de la peau d'Angela, très différent de ce qu'il se rappelait, et il en éprouvait un plaisir mêlé d'un peu de mélancolie. Puis, Angela fondit en larmes, le tenant toujours dans ses bras.

– Pourquoi tu pleures? demanda Nenè en tentant de se défaire de l'étreinte pour la regarder en face.

Mais Angela ne le lui permit pas.

– Ils veulent me fiancer, mais moi, à ce Marco, je le veux pas pour mari, lui murmura-t-elle en lui trempant le cou de larmes.

– Et t'as qu'à pas le marier.

– Je ne peux pas.

– Et pourquoi?

– Passque... il me fit faire l'amour avec lui. C'est arrivé un jour où...

Mais Nenè ne l'écoutait plus.

Il écoutait en fait son corps qui, tout soudain, à la déclaration d'Angela qui lui avait révélé avoir appartenu à un autre, avait changé du tout au tout. Il sentait son sang devenu très dense qui néanmoins courait dans les veines pour aller se concentrer dans un même point en bas et pousser pousser pousser dans la nécessité désespérée de sortir de son corps, de gicler comme une fontaine. C'était ça que ça voulait dire, devenir un homme? Cette demande du sang qui faisait mal tant elle était forte, tant elle était exigeante?

Sans même comprendre ce qu'il était en train de faire, il écarta Angela, saisit les bretelles, les écarta et la chemise tomba à terre.

Instinctivement, la jeune fille, restée nue, se cacha les seins d'un bras et tendit une main vers son bas-ventre.

– Non... non... dit-elle d'une voix étrange, éraillée. Ça, on peut pas le faire.

– Je veux seulement te mater, dit Nenè d'une voix qu'il ne reconnut pas non plus. Lève le bras.

Combien de fois il avait rêvé à ce jour où il pourrait voir une vraie paire de nichons de femme ! Les dessins de Doré ne lui suffisaient plus, ni même ce que pouvaient suggérer à l'imagination deux vers de L'Arioste :

Les seins arrondis ressemblaient au lait
qui s'échappe des corbeilles de jonc.

Lentement, Angela écarta le bras, le laissa retomber le long de son flanc. Du lait, tu parles ! De la ricotta blanche et tremblante, tu parles ! Les nichons d'Angela étaient bruns et roses et semblaient avoir la consistance du marbre.

Il s'effondra, écrasé, sur sa chaise, Angela resta immobile devant lui. Nenè continuait à la mater, bien que ses yeux de temps à autre s'embrument. Oui, tout le reste correspondait à la description :

Les flancs élancés, les belles hanches,
Le ventre plus poli et plus net qu'un miroir,
Paraissaient, de même que les cuisses blanches,
Sculptés par Phidias ou par une main plus experte encore. *

Il déglutit deux fois, sa gorge desséchée réclamait désespérément de l'air et de l'eau.

Il articula d'une voix rauque :

– Enlève l'autre main.

– Non.

– Enlève-la !

Sans s'en apercevoir, il avait poussé un grand cri qui était non pas un ordre mais un appel au secours. Alors, Angela retira l'autre main en le fixant dans les yeux.

– Approche-toi.

---

* Traduction française Francisque Reynard, disponible en Folio.

Angela fit un pas en avant, ses jambes touchèrent celles de Nenè qui avait peur de se lever de sa chaise, redoutant qu'Angela puisse voir le gonflement, le changement qui lui était arrivé en bas. Il leva les bras, posa ses mains en coupe sur les seins de la petite, les caressa longuement. Maintenant, Angela gardait les yeux clos.

Puis les mains de Nenè glissèrent le long des flancs, s'arrêtèrent sur le V, qui semblait peint en noir, le caressèrent de l'index qui formait de petits cercles, puis la main droite s'insinua de taille et en force entre les jambes serrées, perçut une chaleur humide, puis la main continua de sa propre initiative, sans que Nenè le lui demande, avec un mouvement léger d'avant en arrière.

Le souffle d'Angela s'était fait lourd, celui de Nenè en revanche était une espèce de sifflement de serpent.

A un certain moment, Angela fit un mouvement tel que Nenè put tenir la main non plus de taille mais la paume tournée vers le haut. Puis la jeune fille jeta la tête en arrière et gémit, lèvres serrées.

– Je t'ai fait mal ?

– Non, mais maintenant, ça suffit, arépondit Angela.

Et elle lui bloqua avec force le poignet de ses deux mains tandis qu'elle se reculait. Nenè était plié en deux, la douleur était devenue violente, du bas-ventre elle était montée jusqu'à la poitrine et l'empêchait de parler.

En un éclair, Angela se remit la chemise. Elle se rapprocha, se baissa, donna à Nenè un baiser sur les lèvres exactement comme faisaient les acteurs au ginéma, tandis qu'une main appuyait, comme par hasard, pile sur le gonflement endolori.

– Adieu, dit-elle.

Et elle sortit.

Pour se calmer un peu, Nenè courut à la salle de bains, ouvrit le robinet de la baignoire, s'y plongea en évitant toujours d'utiliser la main droite qu'il se portait de temps en temps aux narines pour sentir à nouveau le parfum d'Angela. Tandis que l'eau le glaçait, il lui venait l'envie de chanter. L'orgueil de se savoir devenu homme surpassait de beaucoup la douleur de ne plus voir Angela.

Maintenant, je peux for-ni-quer! pensa-t-il.

Tandis qu'il se dirigeait vers chez Ciccio, il fut pris d'un doute. A savoir qu'Angela le savait très bien, qu'il n'était pas allé à la messe, qu'elle était entrée chez lui en chemise de nuit sans rin dessous parce qu'elle espérait qu'il arrive ce qui était arrivé et qu'elle avait laissé tomber une casserole pour le faire venir à la cuisine où elle l'attendait. Et tout cela, elle l'avait combiné pour être avec lui une dernière fois.

Mais était-elle vraiment sincère quand elle lui avait dit qu'elle ne voulait pas marier Marco ou est-ce qu'elle le faisait pour le laisser avec une douceur dans la bouche? Avec un bon souvenir? En tout cas, il s'aperçut, avec un certain étonnement, que, de tout cela, il lui importait désormais assez peu. Et peut-être était-ce là un autre signal qu'il était devenu un homme.

Ciccio lui fit des compliments sur son pantalon long, lui il en portait depuis déjà querques mois. Ils décidèrent de faire une promenade jusqu'au môle. Nenè n'y tint plus et raconta à son ami tout ce qui s'était passé avec Angela. Pendant qu'il parlait, de temps en temps, il approchait sa main et la flairait.

– On peut savoir ce que tu fais, nom de Dieu, avec cette main?

– Je me la renifle, elle garde l'odeur d'Angela.

– En vrai? Fais-la-moi sentir à moi aussi.

– Non.

– Je te la vole pas, idiot, l'odeur, tu la gardes toujours pour toi. Je la renifle juste un coup et c'est tout.

– Non.

Et tandis qu'il continuait à refuser, il ne savait même pas pourquoi il le faisait. Mais il sentait que c'était bien comme ça.

Furieux, Ciccio descendit des rochers et s'en retourna au bourg.

Nenè resta assis à mater querques bateaux à voile sur l'horizon. De temps en temps, il se portait la main au nez. Puis, petit à petit, l'air chargé d'embruns effaça l'odeur de cannelle et de noix muscade qui avait été le parfum d'Angela.

Le désir de se trouver avec une autre femme comme il l'avait été avec Angela commença à le tourmenter moins d'un mois après le départ de sa cousine.

Durant la journée, entre l'aller et le retour en car pour aller le matin au lycée de Montelusa, les devoirs de l'après-midi avec Ciccio, querques promenades avec les amis et querques heures de cinéma, il arrivait à tenir le coup, la pensée était presque absente. Et pendant le samedi fasciste aussi, au rassemblement habituel, il faisait des trucs dingues, saut à la perche, cheval d'arçons, cent mètres plat, cordes, pour arriver le soir mort de fatigue et s'endormir de suite. Rin. Qu'il se sente ou non rompu, à peine était-il couché que commençait le tourment.

D'un coup lui revenaient à l'esprit les images d'Angela et lui, comme un film projeté sur le mur devant le lit, et toutes les sensations qu'il avait éprouvées pendant qu'il caressait ces chairs à la fois tendres et consistantes revenaient, vivaces et présentes, et le faisaient se démener, lui faisaient manquer d'air.

– Je ne dors plus la nuit, Ciccio.

– Mais quand ça te prend si fort, tu peux pas te soulager de tes propres mains ?

– Seul, j'ai essayé une fois.

– Eh bé ?

– Ça m'a pas plu, d'abord j'ai eu envie de rire et après ça m'a donné une grande mélancolie.

– Boh, qu'esse t'es bizarre, Nenè ! Mais au moins, au moins, après, tu t'es endormi ?

– Oui.

– Tu vois, au moins, ça sert à te calmer, à te faire venir sommeil.

Un après-midi, Jacolino, que ça faisait une semaine qu'on le voyait pas, se présenta aux amis avec une belle barbe et de belles moustaches. On lui aurait donné vingt ans, alors qu'il n'en avait que dix-sept.

– Qu'est-ce que vous en dites ? J'y arrive, comme ça ?

– A quoi faire ?

– A aller à la Pension Eva. Peut-être qu'ils vont me croire plus vieux, qu'ils ne me demanderont pas la carte d'identité et qu'ils me laisseront entrer.

Il y réussit. Et le lendemain, au comble de l'alligresse, il raconta tout aux amis, dans les moindres détails. Nenè n'était pas envieux, mais cette fois-là, l'envie le brûla, oh oui, qu'est-ce qu'elle le brûla !

Jacolino raconta que la putain avec laquelle il était allé était très belle, elle s'appelait Zuna et parlait un 'talien pur. A la fin, elle l'avait lavé et…

– Attends, l'interrompit Nenè. C'est elle qui t'a lavé ?

– Oui, avec une espèce de désinfectant qu'il me semble qui s'appelle du permanganate. Sainte Mère, quelles mains elle avait ! Ça m'a tout de suite donné envie de recommencer du début.

– Et pourquoi tu l'as pas fait ?

– Passque Zuna m'avertit qu'alors il fallait payer le double. Moi, je n'avais pas l'argent et je lui promis de revenir le lendemain, c'est-à-dire aujourd'hui. Mais elle me dit que la quinzaine changeait et que donc aujourd'hui elle partait. Tant pis. L'important, c'est qu'ils me laissent entrer, maintenant qu'ils me connaissent.

Nenè et Ciccio posèrent ensemble la même question.

– Qu'est-ce que c'est, la quinzaine ?

– Tous les quinze jours, les six putes de la Pension Eva changent. Elles vont dans un autre bordel et celles d'un autre bordel viennent ici.

De retour chez lui, tout à coup Nenè se mata dans le miroir. Oui, un peu de poils sur le visage, il y en avait maintenant, mais on aurait dit celui d'un poussinet à peine né, ça suffisait pas, même de loin, pour faire une barbe et des moustaches.

Pouvait-il se mettre un masque de carnaval, de ceux avec la fausse barbe, et tenter d'entrer dedans la pension Eva ?

Y'avait pas à tortiller. Fallait s'armer d'une patience d'ange et attendre les dix-huit ans. Ou espérer un coup de chance.

Le coup de chance arriva du fait qu'il était très mauvais en mathématiques. Un soir, en discutant avec sa mère, il en vint à lui parler de son camarade de classe Matteo Argirò, qui était très fort dans cette matière. Un garçon aux cheveux roux, taiseux et de caractère difficile. Son père était mort cinq ans auparavant et sa mère veuve, une quadragénaire dénommée Bianca, vivait de la pension paternelle.

– Pourquoi tu ne lui demandes pas, à ce camarade, de te faire faire les devoirs avec lui ? Peut-être qu'il va t'expliquer comment il fait et que toi tu comprendras querque chose à ces maudites mathématiques.

Nenè hésita longtemps avant de demander à Matteo ce que sa mère lui avait suggéré. Quand il se décida, le jeune Argirò répondit simplement :

– D'accord.

Ils s'entendirent sur l'idée que le lendemain Nenè se rendrait l'après-midi chez Matteo.

La maison était petite, Nenè et Matteo se mirent à étudier dans la salle à manger. Au bout d'une heure,

Mme Argirò apparut, venant de sa chambre à coucher, tendit la main à Nenè, lui fit une caresse sur les cheveux, demanda s'ils voulaient querque chose à boire, et, sur la réponse négative des deux gamins, sortit, disant au fils qu'elle allait rentrer tard mais que tout était prêt à la cuisine. Matteo pouvait dîner s'il voulait, il suffisait de réchauffer la soupe.

La veuve Argirò fit grosse impression à Nenè. Blonde, mince, grande, élégante, toute fardée, elle sentait fort la *zagara**. Elle avait les yeux verts. Mais ce qui le frappa le plus, ce fut le bref coup d'œil que la dame lui lança : il ne dura qu'un instant mais cela suffit pour que Nenè se sente déshabillé, pesé et évalué.

La quatrième fois qu'il alla chez les Argirò, il trouva la porte entrouverte. Mais il voulut quand même appuyer sur la sonnette. De l'intérieur, au loin, lui parvint la voix de Mme Bianca.

– Nenè, c'est toi ?

– Oui, madame.

– Rentre et ferme la porte. Je l'ai laissée comme ça exprès parce que je prends mon bain.

Donc, Mme Bianca parlait à voix haute pendant qu'elle était glissée, nue, dedans la baignoire.

– Matteo arrive d'un moment à l'autre.

Nenè s'assit à sa place habituelle dans la salle à manger, ouvrit livre et cahier, il voulait étudier le devoir.

Mais il n'arrivait pas à se concentrer : l'oreille tendue, il aréussit à entendre le bruissement de l'eau déplacée par les mouvements de Mme Bianca qui se lavait. Il l'imagina qui se savonnait les seins et entre les jambes. Il commença de suer.

Mais quand est-ce qu'il rentrait, Matteo ? Puis, Nenè entendit la voix de la dame plus proche, manifestement elle était sortie du bain et maintenant elle était dans la

---

* Eau de Cologne à l'orange, tout le parfum de la Sicile.

chambre à coucher en train de chantonner *Amapola*. Tout à coup, la chanson s'interrompit.

– Nenè, tu peux venir un moment par ici, s'il te plaît?

Au pied du lit, il y avait une table avec un miroir dessus. Mme Bianca était assise sur un tabouret devant la tablette sur laquelle étaient entassés flacons de parfum, peignes, crèmes, brosses, flacons, pinceaux. Une serviette qu'elle avait sur les épaules était tenue fermée par une épingle à nourrice et une autre lui couvrait le ventre et les genoux. Et c'est tout.

Nenè devint une bouffée de feu. La dame, qui fixait son reflet dans le miroir, ne parut pas le remarquer. Elle se maquillait les yeux.

– Tu pourrais me poudrer les épaules?

– Ou... i.

– Merci, dit-elle en défaisant l'épingle à nourrice et en ramenant la serviette sur ses seins. La poudre est dans cette boîte.

Dedans la boîte, il y avait un gros plumet. Nenè poudra les épaules de la dame d'une main qui tremblait. Quand il eut fini, elle dit, laissant tomber la serviette:

– La poitrine, maintenant, s'il te plaît.

Et elle recommença à se maquiller les yeux.

Nenè fit ce que la dame lui demandait, en se tenant derrière elle et en matant ses seins dans le miroir. Le changement dans le bas-ventre devenait consistant, bien que Nenè tint le plumet de deux doigts seulement pour éviter d'effleurer par hasard la peau de la dame. Un léger contact suffirait à provoquer des dégâts.

"Heureusement, pinsa-t-il, qu'elle ne peut pas voir ce qui est en train de m'arriver."

Et à cet instant précis, pour mieux voir le résultat du maquillage, Mme Bianca se recula et ses épaules allèrent s'appuyer avec force, mais comme par hasard, sur le gonflement du changement. Mais, quoique l'ayant certainement remarqué, elle ne s'écarta pas, au contraire, toujours appuyée ainsi, elle recommença à se maquiller, en bougeant légèrement. Chaque fois qu'elle bougeait, pour Nenè, c'était un élancement douloureux, son corps était traversé de secousses électriques continues.

Puis, ne pouvant plus résister, il agrippa la dame par les épaules, la tint immobile et ce fut lui cette fois qui se frotta contre elle, en bougeant toujours plus vite. À la fin, la dame, qui n'avait jamais ouvert la bouche, dit, tandis qu'elle recommençait à se maquiller comme si de rien n'était :

– Merci. Tu peux retourner étudier. Mais si tu en as besoin, va à la salle de bains avant le retour de Matteo.

Du devoir que Matteo lui expliqua, il n'aréussit à comprendre rin de rin, au point que le lendemain, il eut un trois.

Deux jours plus tard, Nenè devait retourner chez son camarade. Mais il était très dubitatif. Il avait peur de ce que pourrait lui avoir dit Mme Bianca.

Il s'était comporté comme un vrai dégueulasse, comme un sale cochon : elle, pauvre femme, lui avait demandé un service évidemment sans penser à mal, et lui, il en avait aprofité. Il l'avait offensée. La dame n'avait pas réagi, peut-être prise au dépourvu mais maintenant comment Nenè pouvait-il avoir le culot de se présenter à nouveau dans cette maison ?

Surtout, il se sentait coupable de trahison envers un camarade qui se consacrait à lui avec tant de patience. Peut-être devrait-il tout lui raconter et lui présenter ses excuses. Il était comme l'âne de Buridan, il ne savait quel parti prendre. Il décida d'y aller surtout pour voir quelle était l'attitude de la dame : si elle était négative, il dirait au revoir, sortirait, et on le verrait plus.

En lui ouvrant la porte, Matteo lui dit :

– Maman t'a préparé une surprise.

Effrayé, Nenè le fixa dans les yeux. Mais Matteo ne lui semblait pas en colère. Sur la table de la salle à manger, il y avait une cassate.

– Maman l'a préparée ce matin pour toi et moi.

A Nenè, il sembla être redevenu propre et 'nnocent comme un minot tout juste né. Mme Bianca était décidément une grande dame ! La cassate signifiait que tout était oublié.

– Je voudrais la remercier, appelle-la.

– Elle n'est pas là, elle est allée à Montelusa. Elle rentre ce soir.

Le lendemain, Nenè eut sept en mathématiques.

Huit jours plus tard, il trouva nouvellement la porte entrouverte. Il entra.

– Nenè, c'est toi ?

– Oui, madame.

– Entre et ferme la porte. J'ai envoyé Matteo m'acheter quelques médicaments, je ne me sens pas bien. Il va mettre du temps parce qu'il a dû aller à Montelusa, à la pharmacie ici, ils ne les avaient pas.

Nenè s'assit, ouvrit le livre. Mais la dame l'appela.

– Nenè, tu peux venir ?

Nenè passa dans la chambre à coucher. Mme Bianca était couchée sous un drap qui dessinait son corps. Elle était à demi assise, appuyée à deux coussins et tenant le drap à hauteur de sa poitrine. A Nenè, elle ne sembla en rien abattue, elle était peignée et maquillée comme si elle devait sortir. Elle s'était parfumée à l'essence de *zagara.*

– Tiens-moi un peu compagnie. Viens là.

Et elle lui fit signe de s'asseoir sur le lit à côté d'elle. Un peu ahuri, Nenè obéit, rouge de vergogne. Puis la dame demanda :

– Tu en as une, de fiancée ?

Nenè rougit encore plus.

– Non.

– Et comment ça ? Un beau pitchounet comme toi ! s'exclama Mme Bianca en lui prenant la main.

C'est comme ça que Nenè fit l'amour pour la première fois avec une femme. Mais ce fut aussi la dernière fois qu'il alla faire ses devoirs de mathématiques chez Matteo, il comprit qu'il n'arriverait jamais à soutenir le regard de son ami. Dût-il se faire renvoyer en octobre, comme de fait il arriva.

– Ciccio, j'ai fait l'amour.
– Enfin ! Ça t'a plu ?
– Bof.
– Qu'est-ce que ça veut dire, bof ? C'est oui ou non.
– Bof.
– Avec qui tu le fis ?
– Avec la veuve Argirò. Mais je ne le ferai plus, Matteo est un ami à moi et j'ai l'impression d'être un traître, un profiteur.
Ciccio éclata d'un grand rire.
– Et comme ça toi aussi, elle t'a pris à bord !
Nenè lui jeta un regard étonné.
– Qu'est-ce que ça veut dire ?
– Tu le sais comment on l'appelle au pays, la veuve Argirò ? Le navire-école, on l'appelle ! Depuis cinq ans, y'a pas eu un jeune qui soit pas allé faire sa première croisière chez elle.
Une seule question lui vint à l'esprit :
– Matteo le sait ?
– D'après moi, oui, mais il fait semblant de rien. Donc tu peux y retourner quand tu veux.
Nenè y réfléchit un moment.
– Non, j'y retourne pas.

Mais combien de temps ils mettaient à arriver, ces braves dix-huit ans ?

Comme ça, il pourrait aller à la Pension Eva et faire l'amour avec toutes les femmes qu'il voulait sans se sentir sale en dedans et avoir l'impression d'avoir joué un vilain tour !

3

A l'ombre des jeunes filles en fleurs

"Ce fut vers cette époque qu'il [...] ouvrit pour moi des possibilités nouvelles de bonheur [...], ce fut lui qui me conduisit pour la première fois dans une maison de passe."
Marcel Proust, *Autour de madame Swann*

– Vous savez quoi ? lança à brûle-pourpoint Jacolino tandis qu'ils se faisaient une promenade sur le môle un dimanche de fin octobre. Mon père se prit la gestion.

Sur le moment, Nenè et Ciccio ne comprirent pas, ils étaient en train de parler de la guerre qui allait toujours plus mal et donc ils pinsèrent que don Stefano Jacolino, une maladie quelconque, il se l'était attrapée.

– Qu'est-ce qu'il a, ton père ? demanda Nenè. Une congestion ?

– Qu'est-ce que ça vient faire, une congestion ! J'ai dit qu'il se prit la gestion.

– Mais la gestion de quoi ?

– Comme est mort don Tanaro Saraco, qui était l'ancien gérant, mon père se l'est prise lui, la gestion de la Pension Eva.

Don Stefano Jacolino, grand, toujours bien vêtu, à la parole facile et convaincante, était un homme qu'il n'était pas prudent de trop fréquenter. Dans sa vie, il en avait combiné de toutes les couleurs, de l'escroquerie aux enchères truquées, de l'appropriation indue à l'abus aux dépens de personnes en position de faiblesse. Il avait un casier chargé et connaissait un moment de débine quand il fit une rencontre qui lui changea d'un coup l'existence, en la personne d'Adelchi Colleoni, le fédéral fasciste de Montelusa qu'on disait pourvu de trois couilles et par conséquent toujours en quête d'un moyen de se soulager, qui se le prit comme fournisseur de femmes. Ainsi donc, dans un certain sens, don Stefano avait les titres pour demander et obtenir la gestion d'un bordel.

Sur le moment, la nouvelle, à Ciccio et à Nenè, ne leur fit ni chaud ni froid.

– Pour toi, Jacolì, ça change rien, non ? De toute façon, ça fait un bail que tu y vas. Ou bien tu penses que ton père, dès qu'il aura pris possession des lieux, ne voudra plus que tu continues à y aller ?

– A papa, cette histoire du *burdellu*, je la racontai tout de suite et il se mit à rire. A lui, ça lui plaît les jeunes qui se débrouillent.

– Bon, coupa Nenè. Mais pour Ciccio et moi, ça ne change rin. C'est pas passque tu es notre ami que ton père nous fera rentrer.

– Non, ça non, il peut pas le faire, il doit respecter la loi. Mais moi j'ai eu une pinsée qui, peut-être peut-être, peut arranger votre situation.

– Vraiment ? demanda Nenè.

– Et c'est quoi, c'te pinsée ? demanda Ciccio.

– Je vous le dirai bientôt. Moi, j'en parlai à mon père et il me dit d'attendre un peu. Il doit garder la pension fermée pour deux mois, il pense pouvoir faire l'inauguration le 1er janvier de l'année qui vient. Il a l'intention de la rénover complètement, il veut la faire passer de la troisième catégorie à la deuxième. Et il fait venir de Palerme une *Signura* qui est une amie de confiance.

Ciccio et Nenè savaient ce qu'était la *Signura*, c'était la *patrona e dòmini*, la sous-maîtresse, la mère abbesse, celle qui se tenait à la caisse et comptait les passes, en somme de la *Signura* dépendait le fonctionnement de la maison : elle devait savoir être énergique avec les clients dégueulasses et gentille avec les pirsonnes convenables. Elle devait avoir l'œil perçant et la main ferme.

En novembre comme en décembre, Nenè eut peu de temps pour pinser aux femmes. Ce qui les lui leva de la tête, ce furent les bombardements alliés qui se déchaînèrent sur le bourg, beaucoup de gens moururent sous les décombres de leurs maisons, beaucoup furent blessés et restèrent estropiés à vie.

Une bombe mit en pièces Lorenza Livantino, une camarade de classe, et Nenè et Ciccio passèrent une journée entière à se tremper de larmes inconsolées. Un autre camarade et copain, Filippo Portera, fut tiré plus mort que vif des ruines de la maison où il vivait avec son père veuf. Il avait la tête à moitié fracassée et on le conduisit à l'hôpital de Montelusa. Au bout d'une quinzaine de jours, Nenè et Ciccio demandèrent à don Vincenzo, le père de Filippo, comment allait son fils. L'homme leur répondit d'un regard désespéré.

– Mieux il va, il n'est plus en danger de mort. Mais avec moi, il veut plus parler, il veut même pas me voir, dès que je m'approche du lit, il devient comme fou et alors les infirmiers me prennent et me jettent dehors. Je peux vous ademander un service, les gars ?

– A votre disposition.

– Vous pouvez aller le trouver ? Il vous suffit d'une demi-heure après la sortie de l'école. Comme ça, vous vous faites expliquer pourquoi il m'en veut à mort. Peut-être qu'à vous, il vous le dit.

Ils allèrent le trouver.

Le 'pital était rempli à ras bord de malades et de blessés installés jusque sur les paliers. Ça puait les médicaments, le pus, le pourri, la pisse et la merde. Ça se lamentait, ça priait, ça jurait, ça appelait à querqu'un, mère, père, fils, fille, mari, femme. Ils passèrent devant un type qui poussait des cris d'agneau égorgé, tandis qu'un médecin à l'œil exorbité qu'on aurait dit un fou lui criait :

– On en a plus, de la morphine ! Tu veux te le mettre dans la tête, oui ou non ? La seule chose que je peux faire pour toi, c'est te tirer une balle.

Filippo était dedans une grande salle avec une dizaine de blessés. Dès qu'il les vit, il leur tendit les bras, heureux. Ils s'embrassèrent, émus. Il avait la tête toute bandée, on ne voyait que les yeux et la bouche. Ils s'assirent dessus le lit, il n'y avait pas de chaise.

– Fe très grand cornard ! dit Filippo.

Il parlait avec peine à cause de la blessure et du bandage serré. Qui pouvait être le cornard en question sinon celui qui avait provoqué la blessure ?

– Churchill ? demanda Ciccio.

– Mussolini ? hasarda à voix basse Nenè.

– Non, non ! dit Filippo, agité. Papa !

– Et qu'est-ce qu'il te fit, don Vincenzo ? demanda Nenè.

– La fchasse ! dit Filippo.

Qu'est-ce qu'il voulait dire ? Ciccio et Nenè échangèrent un regard perplexe.

– La fchasse, répéta Filippo, furieux.

Et de la main, il fit le geste de quelqu'un qui tire d'en haut vers le bas une corde, une chaîne. Nenè eut une illumination. *Fchasse*, c'était la chasse d'eau ! Mais quel rapport entre la chasse d'eau du cabinet et la fureur de Filippo envers son père ?

– J'ai compris, la chasse d'eau, dit Nenè. Mais pourquoi t'en veux à ton père ?

– Passqu'il l'a pas arranchée. Elle se détafchait du mur et moi je le dis à ce grand cornard, attention qu'un jour ou l'autre, elle tombe par terre, mais lui, il l'arrancha pas.

– Bon, oui, mais…

– Comme fa, quand je tirai sur la fchaîne, la fchasse me tomba sur la tête et la cassa. La faute à fe grand cornard !

Il croyait qu'il se trouvait au 'pital à cause de la chute de la chasse d'eau, il n'avait pas compris qu'il y avait eu un bombardement pendant qu'il faisait ses besoins.

– Filì, mais qu'est-ce que tu racontes ? Tu parles d'une chasse ! Pendant que tu tirais la chasse, sur la maison, il tomba une bombe !

Et Filippo, écarquillant les yeux :

– Une bombe ? Fous êtes sérieux ? Alors, je veux voir mon père, tout de fuite !

Il y aurait eu de quoi se marrer un bon coup mais Ciccio et Nenè n'en avait pas envie. Ils sortirent du 'pital sans échanger un mot.

Le jour, les aéroplanes faisaient querques passages et peut-être qu'ils mitraillaient, mais à la nuit ils s'aprésentaient ponctuellement vers minuit et ils n'en finissaient pas jusqu'à trois ou quatre heures du matin.

Les gens étaient plus dans les abris que chez eux. Tout le monde avait perdu le contrôle de ses nerfs, entre les bombes et les batteries anti-aériennes, on arrivait plus à dormir, il suffisait d'un rin pour provoquer des engueulades et des insultes.

Chaque matin, avant de prendre le car pour le lycée de Montelusa, Nenè allait voir si la Pension Eva était encore debout ou si pendant la nuit elle avait été rasée.

Don Stefano Jacolino inaugura la Pension Eva rénovée à huit heures du soir le 2 janvier 1942.

En vérité, il y avait eu, à quatre heures de l'après-midi, une autre inauguration privée et secrète, qui avait été présidée par le fédéral Colleoni et le vice-fédéral Agnelo, en civil. Les deux hiérarques avaient procédé aussi à quelques dégustations variées des femmes présentes et les avaient trouvées de bonne qualité. Au point que d'une d'entre elles, Colleoni se servit deux portions.

Tout de suite, on sut au pays que la Pension Eva était une magnificence, une somptuosité qu'il fallait voir pour le croire. Lavabo et bidet dans toutes les chambres, le toit avait été transformé en grande terrasse où se trouvaient six réservoirs pleins d'eau. Certes, les tarifs avaient augmenté mais les femmes étaient toutes de la marchandise de premier choix.

Une dizaine de jours après l'inauguration, Jacolino expliqua son plan à Ciccio et à Nenè, tandis qu'ils s'envoyaient un granité de café à la chantilly au café Empedocle.

– J'ai parlé avec mon père et j'ai eu enfin sa permission. Non seulement ça, mais mon père a déjà averti la *Signura*, qui s'appelle Flora. Et j'ai parlé moi aussi avec elle. Vous avez le feu vert pour aller à la Pension, mais une fois par semaine.

D'étonnement, Nenè en resta muet, il lui venait envie d'embrasser Jacolino. Ciccio, lui, dit aussitôt:

– Acommençons ce soir.

– Doucement, dit Jacolino, je vous explique mieux comment ça se présente. Vous, à la Pension, vous ne pouvez pas encore y venir, je regrette, mais c'est hors de question, si les gardes découvrent qu'on vous a laissés entrer alors que vous n'avez pas encore dix-huit ans, à mon père, ils lui retirent la licence.

– Alors? demanda Ciccio, déçu.

– Mais toi-même, il y a pas une minute, tu as dit... protesta Nenè.

– Attendez, attendez, ne parlez pas à vide. Vous le savez que le lundi, comme les coiffeurs et le thiâtre, la Pension est fermée. On besogne pas. Alors vous, chaque lundi, vous pouvez venir en visite à trouver les putes mais pas comme putes, comme amies.

– Comme amies et c'est tout? demanda Ciccio.

– Mais t'es fou, Jacolì ! C'est comme faire voir à distance à un affamé un bout de pain sans lui donner ! Je viens pas même si on doit me flinguer, explosa Nenè encore plus déçu que Ciccio.

– Laissez-moi finir, il y a querques espérances. Mme Flora a été claire : si à une des petites, en bavardant, en riant, en blaguant, il lui vient l'envie, la *Signura* peut fermer l'œil. Compris ? Mais la chose, si elle arrive, doit arriver à leur bon plaisir, passque le lundi elles ne sont à disposition d'aucun client, ce sont des pirsonnes libres. En somme : ça doit pas être vous à demander, je me suis bien expliqué ?

– Tu t'es expliqué, dit Nenè. Et je suis en train de me dire que l'affaire est pas simple. Comment on fait à faire venir l'envie à une fille en une ou deux heures à peine ? Peut-être que don Juan y arriverait, moi non.

– On peut rendre les choses plus faciles, dit Jacolino avec un petit sourire malicieux.

– C'est-à-dire ?

– Lundi qui vient, vous deux vous allez à la taverne de Calò et vous commandez cinq kilos de poisson bien bien frais. Calò doit vous les remettre déjà frits à huit heures du soir. Achetez aussi cinq litres de bon vin. Du bon, hein, j'insiste, et fort, du genre que, au premier verre, il te fait tourner la tête. Moi je prends le pain, les olives, les sardines salées, le fromage et les fruits.

– On mange avec elles ? s'éberluèrent Ciccio et Nenè.

– Oh que oui, messeigneurs.

– Jacolì, t'es un génie ! s'exclama Ciccio.

– Modestement, oui.

– Sûr qu'après une grande bouffe et avoir bien bu, querques envies peuvent venir, commenta Nenè.

– Mais attention : la Pension est fermée, vous ne devez pas frapper à la porte principale, vous devez en fait tirer la sonnette de la porte de derrière. Moins y'a de gens qui vous voient et mieux ça vaut. Je vous attends à huit heures précises. De toute façon, à partir de quatre heures, je suis déjà à la Pension.

– Et qu'est-ce que t'y fais ? demanda Ciccio.

Pour la première fois, les deux amis virent Jacolino embarrassé et confus.

– Ben… j'ai à faire.

– Eh non ! Si la Pension est fermée le lundi, tu m'ex pliques ce que tu vas y faire ? insista Ciccio.

– Je vais voir Mme Flora.

– Tu te la tapes ?

– Mais ça va pas ! Ça fait deux mois qu'elle me fait réviser.

– Elle te fait réviser ! Elle te donne des leçons ?

– Oh que oui, messeigneurs. De latin et de grec. Très forte elle est ! Après avoir enseigné pendant trois ans dans un lycée, il lui est arrivé quelque chose qui l'a obligée à quitter l'enseignement, ensuite elle a rencontré un homme qui… Mais c'est une longue histoire, je vous la raconterai une autre fois.

Ciccio et Nenè furent incapables de poser d'autres questions. Ils fixaient Jacolino, blêmes. C'était vrai : à la dernière interrogation de grec, Jacolino avait eu un six au lieu du trois habituel.

La porte de derrière de la Pension était la seule d'une ruelle qui faisait la longueur du bâtiment, le mur d'en face n'avait ni porte ni fenêtre, c'était le côté d'un entrepôt de bois.

Ciccio tenait à deux mains une cagette de cinq bouteilles au-dessus de laquelle était posé un plateau de carton avec les poissons enveloppés de papier sulfurisé. Il aréussissait en même temps à tenir un bouquet de fleurs : il avait eu l'idée géniale de les offrir à la *Signura*. Les deux autres plateaux, c'était Nenè qui les portait. Ciccio dut appuyer sur la sonnette avec le front.

Sous le coup de l'émotion et de la fatigue, les deux amis étaient trempés de sueur.

Jacolino vint ouvrir tout de suite.

– Entrez ! Entrez ! Bienvenue !

A peine le seuil franchi, Nenè s'approcha d'un mur et le baisa.

– Mais qu'est-ce que tu fais ? demanda Ciccio, étonné.

– Je baise la Terre promise, mais comme je ne peux pas me pencher passque sinon les poissons glisseraient, je baise le mur.

Ils étaient dedans une antichambre avec deux portes et un escalier.

– Là, il y a les petits salons, dit Jacolino sur le ton du guide en montrant les portes du menton, pour les autorités et pour les pirsonnes qui ne doivent pas être vues des autres. Montons.

Sur le palier du premier étage, il y avait une autre porte fermée.

– Ici, il y a les chambres où les filles besognent. Mais elles utilisent l'autre escalier, celui du salon que je vous montrerai après.

Ils se tapèrent une autre volée de marches et arrivèrent devant une porte, ouverte cette fois. L'escalier continuait, il devait conduire à la terrasse.

Jacolino n'entra pas tout de suite.

– Cet étage est celui où les filles et la *Signura* ont leurs chambres à coucher. Il y a aussi la salle à manger, deux salles de bains et la cuisine.

Un silence total régnait. De la porte, pas un fil de lumière ne filtrait. Nenè fut pris d'un doute.

– Mais les filles, elles sont là ?

– Bah, dit Jacolino. La quinzaine a changé à hier. Si ça se trouve, elles sont en train de ranger dans leurs chambres les affaires qu'elles ont amenées. En tout cas, rentrez.

Et il se mit de côté pour les laisser passer.

A peine furent-ils entrés dans l'obscurité que Jacolino, qui était derrière eux, allumait la lumière. C'était une surprise préparée en l'honneur de Ciccio et de Nenè. Ils se trouvaient dans une salle à manger plutôt vaste, la table rectangulaire déjà dressée avec des couverts étincelants.

Debout, trois d'un côté et trois de l'autre, il y avait six filles, habillées sur leur trente et un et à peine maquillées. Au premier coup d'œil, à Ciccio et à Nenè, elles parurent toutes très belles, la plus vieille devait avoir passé depuis peu la trentaine. En voyant toute cette manne divine, Nenè vacilla quelque peu, ses jambes ralentirent : c'était le coffre aux merveilles, le trésor longtemps cherché et qui finalement, après tant de peines, était là, à portée de main.

– Bonsoir, dit une dame solennelle et sévère, avec des lunettes, un chignon à toupet, une broche géante sur une robe noire à col montant, qui était restée assise en bout de table.

– Bonsoir, lancèrent en chœur les filles.

– Bonsoir, répondirent Ciccio et Nenè tandis que Jacolino, qui entre-temps les avait en hâte libérés de la cagette et des plateaux en posant le tout sur une étagère, faisait signe de le suivre.

– Madame Flora, dit Jacolino sur le ton d'un maître de cérémonies, me permettez-vous de vous présenter mes amis ? Voici Ciccio Bajo. Et voilà Nenè Cangialosi. Ils étudient dans le même lycée que moi.

– Ce sont des ânes comme toi ? demanda la *Signura,* le front plissé.

– Non, eux, ils sont bien meilleurs. Les premiers de la classe.

Ciccio fit une courbette, claqua des talons qu'on aurait dit un lieutenant de cavalerie et tendit le bouquet de fleurs à la dame.

– Veuillez recevoir ce petit hommage, madame.

La dame inclina légèrement la tête, signifiant qu'elle appréciait. Puis, fixant la première fille à main droite, elle la présenta :

– Graziella Bianchi, à la scène Wanda.

Graziella tendit la main à Ciccio et puis à Nenè. La *Signura* continua :

– Erminia Davico, dite Iris.

– Emanuela Ritter, dite l'Allemande.

– Giuseppina Ranucci, dite Conchita.

– Grazia Bontadini, dite la Bolonaise.

– Maria Stefani, dite Loupe.

Une fois exécuté le tour complet de la table, Nenè et Ciccio se retrouvèrent devant la sous-maîtresse. Laquelle distribua les places :

– Ciccio entre Erminia et Emanuela. Nenè entre Grazia et Maria. Jacolino à l'autre bout de la table. Asseyez-vous.

Pendant les présentations, Jacolino avait débouché trois bouteilles et servi les poissons mieux qu'un valet de bouche. Maintenant, chacun était à son poste. Nenè et Ciccio ne savaient pas quoi faire.

Ahuris, ils virent la *Signura* et les filles, têtes baissées, se faire le signe de la croix.

– Mangeons, que sinon les poissons refroidissent, dit la sous-maîtresse.

On commença à manger en silence.

“Et ça serait ça, un *burdellu*? se demandait Nenè entre déception et fureur. Je veux bien qu'aujourd'hui ce soit jour de fermeture, mais ici on dirait qu'on est dans un pensionnat, dans un couvent !”

Par inadvertance, sa jambe gauche toucha celle de Grazia. Il l'écarta comme s'il s'était brûlé. Il ne voulait pas qu'elle croie qu'il l'avait fait exprès, avec des intentions.

– Excusez-moi.

– Je vous en prie.

Jacolino non plus, qui d'habitude avait un culot d'enfer, ne semblait pas à l'aise, il mangeait les poissons la tête dans l'assiette. Il y avait une allégresse d'enterrement.

– Bons c'tes poissons, dit la *Signura* en écartant l'assiette où n'étaient restées que les arêtes luisantes.

– Très bons, dirent en chœur les six filles.

La dame se leva et tout le monde l'imita.

– Moi, j'ai fini et je me retire. Excusez-moi si je ne vous tiens pas davantage compagnie mais j'ai un peu de mal de tête.

– Oh, nous sommes vraiment désolés ! dit Ciccio mais son ton sonnait faux.

– Attention, hein, poursuivit la *Signura* à l'adresse des filles.

– Soyez tranquille, madame, ne craignez rien, répondirent-elles en chœur.

– Jacolino, à toi, je t'attends demain après-midi. Bonne nuit à tous.

Elle tourna le dos, disparut derrière une autre porte. D'un coup, l'air lourd de la salle à manger changea comme si quelqu'un avait ouvert la fenêtre et qu'une brise légère et frémissante était entrée. Les filles échangèrent un regard. Erminia éclata d'un rire libératoire.

– Mais pour qui elle se prend, celle-là ? demanda Grazia.

– J'en ai fait, des maisons, dit Graziella qui était la plus âgée, mais un phénomène comme cette *Signura*, je n'en ai jamais rencontré !

Jacolino, qui était en train d'enlever les assiettes sales et de les remplacer par les propres prises sur le buffet, tenta de la défendre :

– Vous savez, elle a été professeur dans un lycée de Palerme et…

– … et ça se voit ! l'interrompit Emanuela.

Éclat de rire général. Alors, Grazia se leva et alla fermer la porte derrière laquelle la *Signura* s'en était allée.

– Comme ça, on la dérange pas, dit-elle, plus hypocrite encore que Ciccio.

Ils commencèrent à manger les olives, le fromage, les sardines salées, toutes choses qui réclamaient du vin, qui ne descendaient qu'avec du vin. Nenè, entre Grazia et Maria, ne faisait que remplir les verres aux deux filles et pendant ce temps bavardait avec Grazia, qui lui plaisait beaucoup, alors que Maria était plutôt taciturne.

Grazia, Nenè l'avait bien matée quand elle s'était levée : grande, noire de cheveux qu'elle portait à la gitane, de grands yeux qui paraissaient des bouts de charbon. Elle était vêtue d'un chemisier bleu clair à haut col et d'une grande jupe bleue. A ce qu'on comprenait, elle devait avoir un corps à faire venir une attaque rien qu'en le contemplant nu.

– C'est la première fois que tu viens là ? lui demanda Grazia.

– Oui.

– Comment ça se fait ?

– Parce que j'ai dix-sept ans. Ou plutôt seize et demi.

– Moi, j'en ai vingt-cinq. Ça fait six ans que je fais ce métier.

Nenè fut frappé par le fait que, pendant qu'elle disait ces mots, dans la voix de la fille il n'y avait rien d'autre que l'information sans fard, comme si elle avait dit : "Ça fait six ans que j'ai eu mon bac." Et il comprit aussi que s'il demandait à Grazia le comment et le pourquoi, il ferait erreur. Il lui vint donc logiquement de dire :

– L'année prochaine, je finis le lycée et je vais à l'université. Si avant on m'appelle pas à faire le soldat.

– Maudite guerre, dit Grazia à voix basse.

Et elle le fixa les yeux dans les yeux, certainement pour voir ce qu'il pinsait. Parce qu'elle avait dit une chose dangereuse, la veille justement on avait collé dans les rues des affiches qui montraient un soldat en chemise noire qui disait : "Mort aux défaitistes !"

– Saleté de guerre, dit Nenè.

Et en cet instant précis, les sirènes se mirent à hurler. Coupés en deux, les rires s'arrêtèrent, et les paroles, les respirations même.

– Qu'est-ce qu'on fait ? demanda Jacolino.

– Allons tous à l'abri, proposa Ciccio. Ici, on est trop près du port. Ça peut être dangereux.

La porte s'ouvrit et la *Signura* apparut, encore vêtue de pied en cap. Elle ne s'était enlevé que la broche.

– Demoiselles, si vous voulez aller à l'abri, allez-y tout de suite.

– Et vous, qu'est-ce que vous faites ? demanda Ciccio.

– Moi, je reste.

Elle fit demi-tour et s'en retourna d'où elle était venue.

– Bien, allons-y, dit Graziella.

Ils commençaient à descendre de la salle à manger quand on entendit le bruit des avions qui approchaient. Et aussitôt après, les batteries anti-aériennes se déchaînèrent dans un tir de barrage.

– Maintenant, c'est dangereux de sortir, dit Ciccio en criant à moitié pour se faire entendre par-dessus le fracas. Il y a des éclats qui tombent.

– Éteignons les lumières, suggéra Jacolino. Et ouvrons les fenêtres. Comme ça, on profite du carnaval, du feu d'artifice.

Nenè éteignit, Ciccio ouvrit.

On aurait dit qu'il faisait jour tant le ciel était éclairé par les traçantes des mitrailleuses, par les rayons de lumière des projecteurs, par les explosions d'obus des petits canons. A Nenè qui venait juste de lire un poète qui lui plaisait beaucoup et qui s'appelait Montale, il lui vint en tête deux vers qu'il dit à voix haute :

Les nuits claires étaient une seule aube
Et elles apportaient des renards dans ma grotte.

Mais personne ne l'entendit.

La longue file des batteries disposées sur la colline de marne derrière le pays tirait, les contre-torpilleurs et les autres navires de guerre tiraient, tiraient aussi les dix chalutiers qui avaient été réquisitionnés et armés par les militaires. Et, malgré ce capharnaüm de bruits qui assourdissait et faisait mal aux oreilles, on entendait approcher le grondement sombre et puissant des avions, un tonnerre d'orage contre lequel on ne pouvait rien faire, sinon espérer s'en tirer.

– Serre-moi.

C'était Grazia. Nenè lui passa un bras autour des épaules, la petite se serra contre lui. Il la sentit trembler.

– Excuse-moi, j'ai tellement peur.

Alors, Nenè la serra aussi à la taille. Et ainsi, ils attendirent leur sort. Qui fut bénin. Lent et solennel, l'orage passa au-dessus du pays, alla se perdre au loin et la canonnade peu à peu s'éteignit.

– Cette fois, ils n'en avaient pas après nous, dit Ciccio en fermant la fenêtre.

Aussitôt, Grazia se détacha de Nenè. Jacolino alluma la lumière. Ils se regardèrent. Tout le monde avait le visage blême. Peut-être sous l'effet de la frousse, tout le monde était pris d'une grande soif. Ils finirent la dernière bouteille en hâte, mais sans joie, ils n'avaient même plus envie de parler. C'était plus ça. Ils se dirent au revoir tandis que les sirènes sonnaient la fin de l'alerte.

Le lendemain, Nenè, Ciccio et Jacolino prirent ensemble le car pour Montelusa. Mais arrivés devant le grand portail du lycée, ils apprirent que leur classe ne commencerait qu'en deuxième heure. Ainsi eurent-ils le temps de parler de la soirée précédente.

– C'te guerre est vraiment casse-burnes, dit Ciccio. Quand ça commençait à bien tourner, l'alarme a sonné.

– D'accord, dit Nenè. Pourtant, le problème c'est pas la guerre, mais Mme Flora. C'est une espèce de gardien, de sergent-major. Moi, devant elle je me sentais paralysé et les filles on aurait dit des momies vivantes.

– Vrai c'est, reconnut Ciccio. Nous, on pourrait leur emmener un tonneau de cinquante litres de vin, le faire boire tout entier aux filles et elles, si ça se trouve, elles bougeront pas si elles ont devant c'te grand tracassin de la *Signura*.

– Mais moi, avec l'excuse du bombardement, j'ai éteint exprès les lumières. Vous pouviez aprofiter, dit Jacolino.

– Jacolì, mais qu'est-ce qui te passe par la tête ? Aprofiter ! Mais elles étaient plus mortes que vives, de la frousse !

– Tant mieux. La situation était toute en votre faveur, insista Jacolino.

– Toi, par hasard, tu en aprofitas ?

– Moi, j'ai pas besoin de ce thiâtre, rétorqua Jacolino avec dédain. Moi, avec elles, j'y vais quand ça me chante.

– Alors, qu'est-ce qu'on fait ? demanda Nenè à Ciccio. On y retourne lundi qui vient ou pas ?

Ciccio réfléchit un moment. Jacolino en profita.

– Vous devez considérer que le lundi qui vient, c'est le dernier que ces filles seront là. Après, la quinzaine change.

– Eh bé ? fit Ciccio.

– D'après moi, vous devez forcément revenir. Vous les avez connues, vous devez venir au moins leur dire au revoir. Si elles ne vous voient pas apparaître, elles sont capables de très mal le prendre. Pourquoi leur faire de mauvaises manières ?

– Moi, si ça tenait qu'à moi, j'y retournerais, dit Nenè. Mais la *Signura*...

– Remarquez que la *Signura*, dit Jacolino, elle fait toujours comme ça le soir. Elle mange un peu avec les filles et puis elle s'aretire dans sa chambre. Il s'agit de la supporter au maximum une heure et ensuite, vous êtes libres.

– D'accord, consentit Ciccio.

– Alors, je vous dis que j'ai eu une idée, annonça Jacolino. C'tes filles sont toutes continentales et peut-être bien qu'elles ont jamais essayé le *cuddriruni**. Je m'en occupe, je le fais préparer par le boulanger Titillo qui le fait bien. Vous, qu'est-ce que vous emmenez ?

– Moi, je fais préparer la saucisse grillée, dit Ciccio.

* Sorte de fougasse fourrée typique de la région d'Agrigente (Montelusa), dont les ingrédients sont livrés plus loin.

– Et moi j'apporte le vin, conclut Nenè. Et comme il y a le *cuddriruni* et les saucisses, cette fois j'en emmène au minimum huit bouteilles.

En début de matinée, le jeudi, entra et s'amarra dans le port un navire blanc qui avait sur le pont une grande croix rouge dessinée. C'était un bateau-hôpital allemand qui venait d'Afrique.

Deux heures après, le fédéral Colleoni, de Montelusa, se pointa au pays et convoqua le podestat, le secrétaire politique et dame Ciccina Locrasto qui était la chef des femmes fascistes.

– Il faut rendre l'hommage qui s'impose à ces camarades allemands qui ont tous été blessés au combat. Le bateau repartira demain matin pour Gênes. Vous, podestat, vous allez prendre contact avec la capitainerie et, avec le commandant du port, faites-vous recevoir par le capitaine du bateau. Dites-lui que demain à dix heures, une délégation de femmes fascistes montera à bord, avec sa permission naturellement, pour apporter du réconfort, par leur affection et par leur présence, à ces valeureux combattants. Camarade Locrasto, il est inutile de vous dire que les femmes que vous aurez choisies doivent toutes être en uniforme fasciste.

– Qu'est-ce que nous devons apporter avec nous ? demanda dame Ciccina.

– Bah, je ne sais pas : des fleurs, des fruits, des gâteaux…

– Fédéral, avez-vous oublié qu'il est interdit de confectionner des gâteaux ? Qu'en temps de guerre, nous ne pouvons pas gaspiller lait, farine et sucre pour ces futilités ? rétorqua, sévère, dame Ciccina, fasciste bien plus pratiquante que le fédéral.

L'autre s'embarrassa. Il avait oublié parce que chez lui sucre et farine de contrebande ne manquaient jamais, étant donné qu'il était très gourmand de douceurs. Sa femme les lui préparait en cachette dans le four de la maison.

– Ah bon, bien sûr, mais moi, je voulais parler de quelques paquets de bonbons, de quelques biscuits, répliqua le fédéral, parant le coup. De toute façon, ce sont là des détails que je vous laisse. Ce qui est le plus important, c'est votre présence. Naturellement, je vous accompagnerai.

Il ne fut pas facile à dame Ciccina Locrasto de trouver des femmes disposées à effectuer la visite. Fascistes, oui, mais pas au point d'être obligées d'aller voir des minots en mauvais état, de pauvres gamins, tout allemands qu'ils soient, à qui il manquait qui un pied, qui un bras, qui un œil.

Et comme ça, dame Ciccina passa l'après-midi à courir de Ponce à Pilate, d'une maison à l'autre. Mais l'une avait un enfant malade, une autre un rendez-vous chez le médecin, une autre encore devait aller par force trouver une sœur qui venait juste d'accoucher, une autre encore encore avait envoyé l'uniforme chez la couturière pour le faire un peu élargir…

En bref, à dix heures moins dix du vendredi matin, à attendre le fédéral au bas de l'échelle de coupée du blanc navire, il y avait dame Ciccina et neuf femmes en uniforme. Plus, on n'en avait pas trouvé.

Naturellement, les femmes, rentrées chez elles, racontèrent à leur mari la visite qu'elles avaient effectuée.

Et elles dirent aussi que dedans le bateau il y avait une salle avec une porte fermée où, comme l'expliqua le commandant de bord allemand par le truchement de l'interprète, se trouvaient ceux qui avaient des blessures tellement épouvantables qu'il fallait avoir l'estomac solide pour les mater, elles bouleversaient, effrayaient, horrifiaient. Donc, les dames devaient y réfléchir à deux fois avant d'entrer. Les dames avaient réfléchi et avaient conclu qu'elles ne se sentaient pas de le faire. De toute façon, la bonne œuvre de solidarité fasciste que voulait le fédéral, elles l'avaient déjà faite et puis était venue l'heure de rentrer à la maison pour préparer le manger.

Va savoir comment ça se fit, le fait est que l'histoire des dames qui s'étaient refusé de visiter les blessés qui faisaient peur arriva aux oreilles de Mme Flora. Laquelle, à six heures du soir, se présenta au commandant du port. Lequel envoya l'interprète à bord du bateau. Au bout de même pas une heure, celui-ci revint avec une réponse positive. Et donc le samedi matin, à neuf heures et demie, les filles de la Pension Eva, vêtues exprès et sans une trace de maquillage, sortirent, la *Signura* en tête et les autres sur deux files de trois, remontèrent le cours au milieu de la curiosité des gens, arrivèrent au port, montèrent à bord du blanc navire, en se dirigeant sereinement vers l'endroit où elles allaient rencontrer le bouleversement, la frayeur, l'horreur.

Dans la salle à manger, ils s'assirent à table comme le lundi précédent. Les filles apprécièrent beaucoup les *cuddriruni*, Grazia voulut connaître la recette, combien de farine, de levain, combien de temps il fallait travailler la pâte, la laisser lever sous une couverture de laine, combien de sauce tomate il fallait mettre, combien de *caciocavallo*, de pommes de terre, de sardines salées, et à combien de degrés devait être réglé le four.

Puis, tandis qu'ils mangeaient les saucisses grillées à point, Nenè eut la mauvaise idée de demander comment s'était passée la visite aux blessés allemands. Du silence qui tomba aussitôt, il déduisit qu'il avait commis une erreur.

– Ce n'est pas vraiment le moment d'en parler, dit Mme Flora qui n'était pas encore allée se coucher. Mais si Emanuela veut te raconter sa rencontre, peut-être que ça te suffira et que tu ne voudras rien savoir de plus.

Elle avait parlé en 'talien, comme elle faisait dans les grandes occasions. Emanuela commença à raconter. Mais on voyait qu'elle le faisait à contrecœur, son accent allemand se remarquait encore plus.

– Là-dedans, il y avait huit lits, quatre de chaque côté, mais l'un d'eux était vide. Je me suis dirigée vers le dernier à gauche. Pendant que je m'approchais... il y avait très peu de lumière...

– On ne voyait rien, l'interrompit la *Signura.* Il n'y avait pas de hublots parce que la pièce devait se trouver très bas et elle n'avait pas de lumière centrale, il y avait huit ampoules de faible voltage, chacune éclairait à peine un lit. Continue.

– Cet endroit, rien que d'y entrer, ça serrait le cœur, dit Grazia à voix basse.

– Pendant que je m'approchais, reprit Emanuela, je voyais que le blessé était appuyé contre trois coussins qui lui maintenaient le buste relevé. La tête était toute bandée, les yeux aussi, seule la bouche était découverte. Mais quand je me suis assise à la tête du lit, je me suis aperçue que le blessé n'était pas assis, mais appuyé parce que... (Elle s'interrompit, but d'un trait un demi-verre de vin.)... parce qu'il n'avait plus de jambes. Il n'avait pas non plus le bras gauche. Au-dessus de la tête du lit, il y avait une fiche avec le nom et le grade: sergent Hans Grimmel. J'étais trempée de sueur, je ne savais pas quoi faire. J'ai essayé de l'appeler à voix basse: “Hans! Hans!”, mais il ne m'a pas entendue. L'infirmière – il n'y en avait qu'une, on ne voyait pas de médecins – m'a fait comprendre qu'il avait perdu l'ouïe et la vue. Moi je lui ai dit que je parlais allemand, mais elle a souri et s'est éloignée. J'étais assise à penser que cette visite avait été vraiment inutile quand le blessé très très lentement a tourné la tête vers moi. Il avait peut-être senti mon odeur, je ne sais pas. Puis il a tendu à grand-peine sa main, la seule, pour me chercher. Je la lui ai prise et je l'ai serrée. Au bout d'un moment, il a commencé à me tirer à lui, il voulait que je sois plus près. Je me suis agenouillée à côté du lit. Alors, lui, il a lâché ma main et s'est mis à me toucher légèrement les cheveux, le front, les yeux, le nez, la bouche, le cou. Il est descendu encore plus bas et s'est arrêté. J'ai compris ce qu'il voulait. J'ai dégagé mon chemisier de la jupe, me suis déboutonnée, j'ai ôté mon soutien-gorge et j'ai guidé sa main. Il m'a caressée longtemps. Tout à coup, il a retiré la main et a commencé à tousser, fort, j'avais l'impression qu'il était en train de suffoquer. Je me suis rajustée, me suis levée et j'ai appelé l'infirmière. Quand elle s'est approchée, je lui ai demandé si on pouvait faire quelque chose pour cette toux insistante. Elle m'a regardée et m'a répondu qu'il n'y avait rien à faire parce que le blessé ne toussait pas, il pleurait. Voilà, c'est tout.

"Maudit soit le moment où je me suis mis dans la tronche de poser c'te question!" pensa Nenè vu que toutes les filles avaient le visage baigné de larmes.

La *Signura*, qui semblait elle aussi émue, se leva.

– Bonne nuit à tous. Et attention, hein.

Cette fois encore, la sortie de la dame, qui avait refermé la porte dans son dos, relâcha la discipline. Et la mélancolie que les paroles d'Emanuela avaient fait naître ne tarda pas à s'évaporer. La jeunesse de toute l'assistance l'avait emporté.

– Faisons comme l'autre fois, éteignons les lumières et ouvrons la fenêtre, proposa Jacolino.

Ciccio ouvrit. La lune était pleine. Bien ronde, basse, on l'aurait crue à la hauteur de la fenêtre.

"Quelle lune léopardienne!" pensa Nenè qui venait juste d'étudier le poète. Le profil des navires, dans le jeu entre obscurité, ombres et lumières, se détachait qu'on l'eût dit dessiné, gravé. Dedans la chambre la lumière de la lune suffisait pour se voir le visage mais faisait parler tout le monde à voix basse, comme en secret, va savoir pourquoi.

– Tu veux que je te montre? demanda Grazia à l'oreille de Nenè.

– Oui, répondit-il sans même savoir ce qu'elle voulait lui montrer.

Grazia le prit par la main et le tira un peu en arrière par rapport aux autres qui regardaient par la fenêtre et plaisantaient. Et comme ça, ils sortirent de la pièce sans que personne s'en aperçoive.

Sur le palier, Nenè devina, dans l'obscurité profonde, que Grazia avait commencé à descendre l'escalier.

– Allume, j'y vois rien.

– Non, dit Grazia. Je ne veux pas que les autres nous suivent. Tiens-toi à mes épaules.

Il descendit comme un aveugle. Mais il était heureux : il avait compris que Grazia voulait lui montrer la Pension.

Qu'est-ce qu'il l'avait adésiré ! Combien de fois il s'était demandé comment c'était à l'intérieur ! Il se rappela aussi quand, minot, il avait glissé la tête à l'intérieur et qu'il s'était fait réprimander par un homme.

Grazia tourna la clé de la porte du premier étage et l'ouvrit.

– Passe.

Nenè entra, Grazia referma derrière lui et alluma.

Ils étaient au début d'un couloir sur lequel donnaient neuf portes, cinq à main gauche et quatre à main droite. Sauf qu'à main droite il y avait aussi un escalier, plutôt large, qui conduisait en bas.

– C'est ici qu'on travaille, dit Grazia. (Elle fit deux pas et ouvrit une porte.) Ça, c'est la pièce où je travaille, moi.

Une cellule. Ou plutôt, exactement semblable à une chambre de 'pital, très propre, mais toute pitchoune, qu'on pouvait presque pas y bouger. Et ça puait le désinfectant, pareillement que dans une chambre de 'pital. Il y entrait juste un lit d'une place et demie, une table de chevet, une chaise. Contre un mur, il y avait un lavabo et un bidet. Et c'est tout.

Grazia ferma, avança encore dans le couloir, ouvrit encore une porte.

– Ça, c'est la salle de bains. (Elle en ouvrit une autre.) Ça, c'est la loge de la bonne qui ne dort pas là.

Un lit n'y serait même pas entré, il y avait un fauteuil défoncé. La pièce était une espèce de réduit rempli de draps, de taies d'oreiller, de serviettes, de serpillières, balais, savonnettes.

– Maintenant, descendons.

Ils descendirent l'escalier.

Et Nenè s'atrouva dans un très vaste salon garni tout autour de divans de couleurs différentes mais de la même forme, collés l'un à l'autre, qu'on aurait dit un seul meuble.

– Les clients s'assoient sur ces divans. Nous, on descend d'en haut, on se met au milieu et on se montre jusqu'à ce que quelqu'un nous choisisse. Alors, on remonte avec celui qui nous a choisie, on va dans la chambre et quand il a fini, chacune d'entre nous redescend avec son client et remet la fiche à la *Signora*. Le client paie et s'en va. La place de Madame est là.

A côté de la porte qui donnait sur l'antichambre, il y avait une estrade. Sur cette dernière, une petite table et une caisse enregistreuse qu'on aurait dit un monument. Derrière la table, un fauteuil énorme, la place de la *Signura*, d'or et de damas rouge, digne d'une reine. Et derrière le fauteuil, sur le mur, il y avait un écriteau. C'était le tarif.

SIMPLE : 3,50 LIRES
QUART D'HEURE : 7 LIRES
DEMI-HEURE : 13 LIRES
MILITAIRES ITALIENS ET ALLEMANDS, MILICIENS, CHEMISES NOIRES ET MILITARISÉS : 25 % DE RÉDUCTION
AUTRES, PRIX À CONVENIR

Tandis qu'ils remontaient l'escalier, Grazia dit :

– Ces trois derniers jours, entre les marins, les soldats italiens et allemands et les gens d'ici, je n'ai pas eu un instant pour respirer.

De retour au premier étage, Grazia n'ouvrit pas la porte pour aller au deuxième, mais se tourna pour mater Nenè.

– Tu veux ?

Nenè se sentit rougir, il ne s'y attendait pas.

– Oui… si tu veux, toi. (Elle le prit par la main, l'entraîna derrière elle.) On ne va pas dans ta chambre?

– Non, dans ma chambre non. Ça me semblerait… (Elle ouvrit la dernière porte du couloir, le fit entrer.) Celle-là n'est jamais utilisée. Elle sert en cas d'urgence.

Elle étreignit très fort Nenè. Au bout d'un moment, elle demanda:

– Je peux t'embrasser sur la bouche?

Pourquoi lui demandait-elle la permission?

– Oui, bien sûr.

Jamais il n'avait été embrassé de cette manière. Dedans sa bouche, la langue de Grazia explorait, léchait, savourait, goûtait. La tête lui tournait. Tandis que son sang d'en bas se réveillait d'un seul coup et commençait à frapper pour sortir, il fut prit d'un tremblement que la petite remarqua.

– Mais tu as déjà été avec une femme?

– Une fois seulement.

– Tu es ému?

– Oui.

– Moi aussi, dit Grazia. C'est drôle. Regarde.

Elle se porta la main de Nenè au cœur, pour lui faire sentir combien il battait fort.

Nenè ne savait pas que ce serait la première et la dernière fois qu'il le faisait à la Pension Eva. En vérité, il y en eut une seconde mais cela n'adépendit pas de sa volonté.

Passque deux mois plus tard, Nenè connut une fille plus âgée qui étudiait en troisième année à l'université et qui s'appelait Giovanna. On l'avait fait venir de son village pour donner des leçons de latin au lycée de Montelusa, étant donné qu'on manquait de professeurs, ils étaient presque tous à la guerre. Mais elle n'était pas la professeur de Nenè, elle enseignait dans une autre classe. Pour rester le soir avec elle, qui avait un studio où elle vivait seule, Nenè dit à sa mère que voyager en car était devenu trop dangereux, ils étaient sans arrêt mitraillés. Le mieux serait d'habiter à Montelusa jusqu'à la fin de l'école. Sa mère lui trouva une chambre chez une lointaine parente.

Mais Nenè continua, chaque lundi soir, d'aller à la Pension Eva avec Ciccio et Jacolino. Et il le faisait, même s'il n'était plus intéressé à saisir querque occasion heureuse, passque le récit que lui avait fait Emanuela lui avait permis de comprendre que les histoires que ces filles pouvaient raconter lui permettraient de comprendre. Comprendre querque chose sur le monde. Sur la vie. Il avait la possibilité de rencontrer six filles différentes tous les quinze jours et de parler avec elles et de les écouter pendant qu'elles parlaient. Il s'était définitivement convaincu "avec une satisfaction de botaniste, qu'il n'était pas possible de trouver réunies des espèces plus rares que celles de ces jeunes fleurs" (mais cette phrase de Proust, il la lirait bien des années plus tard).

4

Prodiges et miracles

"Nous tournons maintenant notre plume vers les choses qui paraissent dignes de stupeur : celles qui sont en elles-mêmes remarquables et stupéfiantes pour leur caractère insolite."
Gérald Barry, *Topographia Hibernica*

Un matin, à l'école, la professeur de grec lut et expliqua une ode que Pindare avait écrite pour un Montelusien qui s'appelait Midas et qui avait remporté les jeux de la Pythie en jouant de la flûte. A ce Midas, il était arrivé, tandis qu'il participait au concours, que la languette de son instrument s'était cassée mais il ne s'était pas découragé : ayant tourné la flûte, il l'avait transformée en pipeau et avait continué à jouer, pour finir par gagner. Cette histoire éveilla la curiosité de Nenè, lui fit venir l'envie de savoir comment était Montelusa au temps des Grecs et des Romains. Il acommença de fréquenter une vieille bibliothèque et un jour, à force de chercher, découvrit un rouleau où, au début du XVIIIe siècle, un moine avait dessiné une espèce de topographie de Montelusa et des environs avec tous les changements survenus au cours du temps. Ce fut avec émotion qu'il fit une découverte qui le passionna : là où se trouvait à présent la Pension Eva, à Vigàta, se dressait autrefois un temple qui faisait partie d'une première ceinture de protection sacrée de la ville. D'après le moine, toujours au même endroit, après la destruction du temple grec, les Romains en avaient fait un autre et après encore la destruction de ce dernier, les chrétiens y avaient construit une petite église pour les marins et les navigateurs mais, écrivait le moine, à son époque, elle était déjà "en ruine". Un lieu élu, donc, un lieu sacré.

– Et alors, d'après toi, quand on entre dans la Pension, qu'est-ce qu'on doit faire ? S'agenouiller ? Prier ? s'enquit Ciccio quand Nenè lui communiqua sa découverte.

– Que t'es bête ! Moi je veux dire que si un lieu a été considéré comme sacré pendant des siècles, ça veut dire qu'il doit avoir querque chose de différent !

– Tu veux que je propose au père de Jacolino de changer le nom de la Pension en "Temple de Vénus" ?

Malgré les taquineries de son ami, Nenè resta persuadé que dedans la Pension, il pouvait très bien se produire des prodiges et des miracles, ainsi qu'en fait il arriva.

Passque, ce fut pas un miracle, ou un prodige, appelez-le comme vous voulez, que Jacolino, en allant chaque jour à la Pension Eva réviser avec la *Signura* Flora, adevint le premier de la classe en grec et en latin ? Et arriva au point de passer son devoir à Nenè et à Ciccio pour qu'ils puissent se le copier ?

"Mais comment est-ce possible ?" se demandait la professeur Fernanda Gargiulo, qui tournait en bourrique à essayer de s'expliquer ce changement.

Pendant deux ans, en troisième et en seconde, on l'avait renvoyé à l'examen d'octobre pour le grec et le latin, et puis, lors de ce dernier, on avait dû l'admettre sur ordre de M. le proviseur. Lequel proviseur avait reçu, de son côté, l'ordre du fédéral, lequel fédéral avait reçu, non pas l'ordre mais l'humble requête du père de Jacolino qui lui servait, comme il était connu à l'*urbi* et à l'*orbo*, d'entremetteur. Mais au début de la première, l'ignorance abyssale, la totale incapacité de Jacolino à se débrouiller avec les règles de ces deux langues mortes et difficiles disparurent pour laisser place à un Jacolino qui, non content de connaître ces règles, en jouait avec facilité et même avec une certaine élégance. On l'eût cru carrément né sous le Parthénon ou sur le forum romain.

Elle corrigeait les devoirs de Jacolino, la professeur Gargiulo, mais elle n'arrivait pas à mettre un seul trait rouge, même léger. Elle lui donnait la note, neuf (quant à donner dix, que Jacolino méritait en fait, elle eût préféré mourir égorgée), et se bourrait la tête de coups de poing, comme une désespérée.

– Ce n'est pas possible, ce n'est pas possible !

Un matin, la professeur n'y tint plus, elle craqua et, ayant perdu tout contrôle, le demanda, en classe, à Jacolino lui-même. De fureur, elle tremblait des pieds à la tête, c'était impressionnant, on eût dit que d'un moment à l'autre, elle allait avoir une attaque.

– Debout, Jacolino, et regarde-moi dans les yeux. Toi, il n'y a pas si longtemps, en grec et en latin, tu n'y comprenais pas plus que ce que peut comprendre, je ne sais pas, une vache, ou mieux, un caca. Tu n'as aucun droit – tu as compris ? –, aucun, de me faire devenir folle ! Explique-moi tout de suite comment tu as fait pour devenir très fort ou bien, même si tu me remets des devoirs qui ont l'air d'avoir été écrits par Démosthène ou par Cicéron, moi je te mets encore zéro. Et je m'en assumerai la responsabilité devant le proviseur et devant le fédéral !

La classe entière se retourna pour mater Jacolino qui se tenait debout à sa place. Lequel Jacolino avait certes un culot d'enfer, mais ne pouvait sûrement pas aller dire l'histoire des révisions faites auprès de la *Signura.* Alors, il eut un coup de génie.

– Ça peut pas se dire distantement, répondit-il, l'air mal à l'aise.

En 'talien, Jacolino n'avait pas fait les mêmes progrès qu'en grec et en latin, étant donné qu'au bordel, les autres enseignants faisaient défaut.

– Alors viens au bureau.

Jacolino s'approcha de la professeur et lui murmura querque chose, mais assez fort pour que la classe entende :

– Une nuit, pendant que je dormus…

– Pendant que quoi ?

– Pendant que je dormus, il m'entra dans la chambre une colombe toute blanche. Elle se fit deux tours tout autour juste à la pirpendiculaire de ma tête et puis disparut. Et dire que la fenêtre était fermée.

La professeur le matait d'un air étonné.

– Et comment elle avait fait pour entrer, cette colombe ?

– A moi vous le demandis ?

– Bon, d'accord, mais quel rapport ?

– J'en sais rien si ça a un rapport. Le fait est que depuis ce moment, j'accomprends le latin et le grec. Vous savez quoi, professeur ? Certaines fois, j'ai même pas besoin de dictionnaire. Les mots me viennent naturellement.

– Tu parles sérieusement ? demanda la professeur, à laquelle, étant femme d'Église, était venu tout de suite un doute sur la vraie nature de la blanche colombe.

– Je vous le jure. Il se passa comme ça que, moi, comme on était dimanche, j'allai prendre la sainte communion.

Menterie éhontée. Jacolino n'avait plus mis les pieds à l'église depuis qu'il avait fait sa première communion, à six ans. Ciccio et Nenè, avec toute la classe, l'écoutaient, admiratifs. C'était une des meilleures interprétations qu'ils lui aient vu faire, un truc artistique, digne d'un grand acteur.

– Et je priai, je priai le Seigneur qu'il me fasse la grâce d'adevenir fort en latin et en grec. Et ensuite j'allai voir le curé et lui racontai qu'une colombe m'entrit dans la chambre.

– Et que te dit le prêtre ?

– Que peut-être, peut-être, il s'agissait de l'Esprit saint.

Miraculé ! Jacolino était un miraculé. La professeur Gargiulo blêmit, fit le signe de la croix, renvoya Jacolino à sa place et depuis lors elle ne lui demanda plus rien. Mais maintenant, elle pouvait, en conscience, lui mettre un dix.

Et ce ne fut pas un miracle (même si, peut-être, vu comment ça se termina, il vaut mieux l'appeler un demi-miracle) que Tatiana, qui était de Reggio d'Émilie et pour l'état civil s'appelait Biagiotti Teresa, arriva à la Pension Eva juste deux jours après que maître Antonio Manzella eut été libéré ? Il s'était tapé quatre ans de prison punitive, condamnation que le tribunal fasciste lui avait infligée pour appartenance à une cellule communiste.

Maintenant, il faut savoir que cette Teresa, trentenaire toujours prête à la plaisanterie et au rire, avait son père communiste en prison depuis huit ans et qu'elle était elle-même une communiste enragée. Teresa rendait en cachette des services au Parti : étant donné que tous les quinze jours elle changeait de ville et qu'elle savait à l'avance où elle irait besogner, elle recevait et remettait des lettres secrètes et rapportait des dispositions et des ordres que les camarades s'échangeaient. Et en toute sécurité : qui irait penser, en fait, à une putain communiste ?

Deux jours après son arrivée à la Pension Eva, alors qu'elle se montrait à moitié nue dans le salon, un client lui demanda comment elle s'appelait.

– Tatiana.

– Allons-y.

A peine le seuil franchi, Tatiana était en train de retirer sa culotte quand le client, un quadragénaire sérieux, vêtu de noir, aux lunettes d'or, leva la main et lui dit :

– Arrête-toi. J'ai un parent à Reggio d'Émilie.

C'était la phrase de reconnaissance. Tatiana s'assit sur le lit, l'homme resta debout.

– Demain un camarade va venir te trouver. Il a été remis en liberté après quatre ans de prison punitive. On m'a dit que toi, quand tu auras fini ici, tu iras travailler à Trani. C'est vrai ?

– Oui.

– Bien, c'est une heureuse coïncidence que tu sois ici et que tu ailles ensuite à Trani. Parce que ce camarade doit te dire des choses importantes justement pour les camarades de Trani. Attention, c'est toi qui dois le choisir lui, lui faire comprendre que tu es la bonne personne. Il ne peut pas répéter ce que j'ai fait aujourd'hui en te demandant comment tu t'appelles, ça attirerait l'attention.

– Mais moi, comment je fais pour le reconnaître ?

– Il lui manque la dernière phalange du petit doigt de la main gauche. Ah, écoute, il ne faut pas s'étonner s'il veut... après quatre ans qu'il n'a pas vu de femme, tu comprends...

– Il n'est pas marié ?

– Il l'était, mais sa femme a quitté la maison dès qu'on l'a arrêté. On dirait qu'elle n'attendait que ça. En fait, on pense, sans en avoir la preuve, que c'est elle qui l'a dénoncé.

Ils restèrent encore cinq minutes dans la chambre, en silence. Puis Tatiana dérangea le lit, se lava, s'essuya les mains. La bonne devait trouver tout comme s'ils avaient consommé l'acte. Puis ils descendirent l'escalier, l'homme paya la passe simple et Tatiana reprit la besogne.

Durant la nuit, Tatiana s'aréveilla. Et pensa à cet homme qu'elle allait rencontrer le lendemain, celui qui s'était tapé quatre ans de prison punitive. Et elle pensa aussi à son père qui se trouvait en taule depuis le double de temps et qui devait y rester encore deux ans. Elle fut émue. Et il lui vint à l'esprit de faire une belle surprise à l'homme qui devait venir la trouver.

Le lendemain soir, elle le reconnut tout de suite au milieu d'une dizaine de clients qui ne se décidaient pas à choisir. Elle le reconnut parce que, malgré le fait qu'il se trouvait au milieu des autres, c'était un homme seul, il semblait au milieu d'un désert, enveloppé comme il était d'une espèce de chape de solitude, il ne parlait avec personne, ne riait pas des blagues cochonnes qu'un type racontait à haute voix. Il fumait de la main gauche et on voyait très bien que le petit doigt manquait. Tatiana ne perdit pas de temps, elle se mit devant lui jambes écartées, la robe de chambre ouverte aux trois quarts, une main glissée en dessous comme pour se toucher, l'autre à la hauteur de la poitrine comme pour se caresser un sein.

– Qui tu es, toi ? Qui tu es ? se mit-elle à demander à voix haute. Tu serais capable de me rendre folle ! Viens, allez, que je ne tiens plus !

L'homme, qui était maître Manzella, le pauvre, était mort de honte, le visage tout rouge. Tatiana lui tendit la main, il la prit, se leva du divan, monta l'escalier derrière elle.

Arrivé dans la chambre, l'avocat s'écroula sur la chaise. Il était tout en sueur, il se passa un mouchoir sur le front. Ce qu'il avait vu faire à Tatiana avait été un vrai coup de grâce pour son 'pétit de femmes excité par quatre années d'abstinence.

– Excuse-moi, mais je devais faire ça, sinon... dit Tatiana qui avait compris la situation du pôvre malheureux.

L'avocat fit signe qu'il excusait. Mais ça se voyait qu'il vivait un enfer à rester dans une chambre avec une belle petite habillée, façon de parler, d'une robe de chambre. Camarade, certes, mais quand même une belle petite. Il réussit à raisonner en gardant l'œil héroïquement fixé sur le lavabo.

– Donc, quand tu seras à Trani, viendra te trouver...

Il parla sans arrêt pendant trois minutes. Précis et clair. Quand il eut fini, il déplaça son regard du lavabo à Tatiana et la contempla. Il rouvrit la bouche à grand-peine, on eût dit qu'il ne parvenait pas à se décoller du siège :

– Bien. C'est tout. Maintenant, je m'en vais et...

Mais il n'aréussit pas à se lever de sa chaise. Il était clair qu'il mourait de désir mais qu'il ne lui paraissait pas juste de demander à une camarade, toute putain qu'elle fût, de faire ça. Lui, il était venu ici pour une affaire du Parti et c'est tout.

– Non, dit la fille d'un ton résolu.

Tatiana ne pouvait pas le laisser la bouche sèche, un camarade que ça faisait quatre ans qu'il ne touchait pas une femme. Et puis, elle lui avait préparé une belle surprise. Elle se leva, s'approcha, lui retira la veste, la cravate, la chemise, après quoi elle se pencha, lui ôta les chaussures, les chaussettes et le caleçon. Alors seulement, l'homme trouva la force de se relever. Tatiana, en le voyant, eut peur qu'il explose comme une grenade, tant sa partie hommesque s'était congestionnée. L'avocat, certainement pour éviter de conclure trop tôt, avant même d'avoir commencé, gardait les yeux clos. Son souffle était court.

– Juste un instant, dit Tatania.

Elle se retourna, prit quelque chose dans la poche de la robe de chambre, une chose que son père lui avait donnée et qu'elle avait toujours emportée avec elle en la gardant cachée, se dénuda, trafiqua un peu du côté de sa partie femmesque. Ensuite, elle s'étendit sur le lit et dit en riant :

– Ouvre les yeux et regarde !

L'avocat ouvrit les yeux et vit.

Attaché par un ruban rouge aux bouclettes de la partie femmesque, il y avait un petit médaillon rond contenant la photo en couleur du camarade Staline, moustaches, casquette militaire, regard sournois, tout y était.

Lui, la lumière des peuples, le condotierre invincible, le chef absolu et suprême. Lui !

Et on eût dit qu'il était là, à attendre l'avocat, juste devant l'entrée. Et on eût dit qu'il disait aussi : "Camarade, montre-moi de quoi tu es capable !"

Pour faire bon poids, Tania commença à chantonner, bouche fermée, tout bas :

– *Avanti popolo, alla riscossa !*
Bandiera rossa ! Bandiera rossa ! *

* Un des plus fameux hymnes de la gauche italienne, qu'on entend encore dans toutes ses grands-messes : "En avant, peuple, révolte-toi ! / Drapeau rouge ! Drapeau rouge !"

Sous les yeux atterrés de la petite, la grenade, de rouge-violet qu'elle était, adevint d'abord verte et puis blêmit, de presque sous le point d'éclater elle commença à dégonfler pour finir en brindille toute pitchounette et desséchée.

En vain, Tatiana, ayant fait disparaître le médaillon, au bord des larmes, déploya-t-elle le meilleur de son art pour refaire bourgeonner la plante. Il n'y eut pas moyen.

Et que dire de ce qui arriva ce lundi où Mme Flora ne fut pas présente à table passqu'elle profita du jour de congé pour aller trouver à Palerme une de ses sœurs sérieusement malade ?

Ce lundi-là, qui fut ensuite évoqué comme "la soirée épique" ou "la soirée des métamorphoses", vinrent se mettre ensemble au moins trois heureuses combinaisons du hasard.

La première fut que Jacolino, qu'on ne comprenait pas comment il aréussissait de temps en temps à se présenter avec de la marchandise d'Allemand (ou on comprenait très bien que son père trafiquait avec les Allemands), se pointa ce soir-là à la Pension Eva avec deux bouteilles d'une liqueur verdâtre, impossible de comprendre comment elle s'appelait, que quand on en buvait juste une gorgée, ça faisait l'effet d'une canonnade. Cette liqueur, mélangée avec le vin à haut degré, fut en mesure de provoquer une ivresse totale, éperdue, de celles qui passent au bout de trois jours.

La deuxième fut que Nenè avait avec lui le *Roland furieux* que lui avait rendu un ami rencontré peu avant d'arriver à la Pension.

La troisième fut la composition, plutôt étrange, de la quinzaine. En fait, des six filles arrivées le soir précédent, cinq semblaient fabriquées dans le même moule. Et le plus drôle est qu'elles parlaient le même, 'dentique, dialecte. Elles étaient toutes trapues, petites avec de grosses fesses, presque certainement des paysannes habituées aux fatigues de la campagne. Souvent elles parlaient grossièrement (en général, les filles ne parlaient comme ça que devant les clients) et elles étaient capables de faire n'importe quoi sans se gêner, sans la moindre virgogne. La sixième, en revanche, se détachait du lot, elle était grande et rose de peau et rousse de cheveux, jolie, plutôt réservée.

Quand c'te petite, surnommée Giusi, vit le livre que Nenè avait posé sur le buffet, elle alla l'examiner.

– Ah, le *Roland furieux* ! dit-elle.

Nenè fut pris de curiosité.

– Tu connais ?

– Oui. On m'en a fait lire des passages à l'école.

– Quelle école tu as fait ?

– Je suis arrivée en cinquième au lycée.

Mais on voyait qu'elle n'avait pas envie de parler de ses affaires, et Nenè laissa tomber.

En mangeant, et en buvant surtout, les voix montèrent, se firent plus aiguës. Une des petites raconta une histoire qui lui était arrivée quand elle était dans un bordel piémontais.

Le premier soir où elle arriva, raconta-t-elle, elle avait remarqué un type qui, dès qu'il la vit, ne détacha plus son regard d'elle. Il la matait et la matait encore, mais ne se décidait pas, il ne la choisissait pas. Elle allait avec un client, revenait, et l'homme était toujours là, assis à la fixer. Le lendemain soir, il se passa la même chose et aussi le soir d'après. C'est seulement le dernier soir de la quinzaine que l'homme se leva, lui fit signe et monta avec elle. La fille, entre curiosité et inquiétude, se préparait déjà à un assaut violent quand l'homme, taciturne, l'ayant fait asseoir sur le lit, s'agenouilla tout habillé qu'il était, sans mot dire, sans plus bouger. Au bout d'un quart d'heure qu'il était agenouillé et qu'elle se sentait des fourmis dans les membres, l'homme glissa une main dans sa poche, en sortit un bonbon, retira l'enveloppe, se le mit dans la vouche puis le ressortit, l'examina et le glissa dans la vouche de la fille.

– Ne le mâche pas, lui recommanda-t-il.

Au bout d'un petit moment, il dit :

– Redonne-le-moi.

Il le prit et se le glissa de nouveau dans la vouche. Et comme ça, une fois toi, une fois moi, le bonbon finit.

– C'était très bon, merci, dit l'homme.

Et il alla payer la demi-heure.

Tout le monde rit.

– A Milan, attaqua tout de suite une deuxième fille, à peine on s'était déshabillés, un client voulut qu'on reste debout, face à face. Puis il allongea l'index de la main droite vers la pointe de mon sein gauche, il le pressa et "tuuuut" avec la bouche, on aurait vraiment dit un klaxon d'automobile. Puis il pointa l'index gauche et pressa la pointe droite et "nêêêê", un autre type de klaxon. Ensuite, avec la main droite en poire, il pressa le sein gauche et commença à le serrer et à le relâcher en faisant "pouêt-pouêt", comme une trompe d'automobile. De la gauche, il fit la même chose à droite mais en changeant le son de la trompe qui devint "potipotipotipoti". Il était très fort, il imitait parfaitement ces sons. A partir de là, il se déchaîna : "tuuutnêêêpouêtpouêtpotipoti..." Toujours plus vite, on aurait dit qu'on était en plein Milan, au milieu d'une circulation délirante. Il était devenu rouge, congestionné et quand il sentit qu'il allait conclure, il leva le bras et fit un sifflet de locomotive. Mais si fort et puissamment que tout le monde sortit, effrayé, des chambres.

– Et la fois où un client voulait qu'on le fasse en faisant tous les deux le poirier ? commença la troisième.

– Et cette fois où un client, après avoir fini, craqua une allumette et se brûla sa chose parce qu'elle lui avait fait commettre un péché ?

– Et cette fois où un client se rhabillait et qu'il lui tomba de la poche un bréviaire et un rosaire ?

– Et cette fois où...

Chacune raconta la sienne. Et Nenè les écoutait, ce que les filles racontaient adevenait, en dedans de lui, comme l'eau du ciel sur une terre assoiffée. Ensuite, les cinq trapues acommencèrent à dire qu'il faisait trop chaud et retirèrent leurs chemisiers, restant en soutiens-gorges. Puis les trapues se mirent à discuter en dialecte, et la conversation devint toujours plus furieuse. A un moment, elles faillirent se prendre aux cheveux. Ensuite encore, l'une parla un petit peu et les autres, à la fin, acquiescèrent en riant. Elles disposèrent trois chaises l'une à côté de l'autre, déplacèrent les tables, firent asseoir Nenè, Ciccio et Jacolino sur les trois sièges et elles se placèrent devant eux.

La sixième fille, qui n'avait pas retiré son chemisier, alla au buffet et se mit à feuilleter le *Roland furieux*.

– Un ! dit la fille qui avait parlé la première, en portant sa main dans son dos.

Les autres firent le même geste.

– Deux !

Les filles farfouillèrent dans leur dos.

– Trois !

Les filles retirèrent les soutiens-gorges, les laissant tomber à terre.

– Qui a les plus beaux tétés ? demanda la petite qui commandait.

– Sainte Mère ! Le jugement de Pâris ! s'exclama, enthousiaste, Jacolino.

– On peut toucher ? s'enquit Ciccio.

– Bien sûr, arépondit la fille.

Pendant une demi-heure, ils matèrent de près et de loin, touchèrent, serrèrent, soupesèrent.

– Pour moi, la gagnante est la première à gauche, assura Nenè.

– Pour moi, c'est la dernière à droite, arrêta Ciccio.

– Toutes, lança Jacolino.

– Allez, décidez-vous.

Mais l'histoire prenait une autre tournure. Trop de vin, trop de liqueur verdâtre. Ciccio lança un regard mauvais à Nenè.

– Permettez-moi de vous dire, monsieur, dit-il, passant au vouvoiement et parlant en 'talien, et même si vous ne me le permettez pas je vous le dirai tout de même, que vous êtes un incompétent absolu en matière de beauté féminine.

Nenè rougit.

– Sachez, monsieur, rétorqua-t-il, que quand déjà je me divertissais avec une femme, vous en étiez encore à croire que les enfants sont apportés par les cigognes.

Ciccio se leva, furieux.

– Considérez-vous comme giflé, monsieur !

– Bien, vous recevrez mes témoins.

Les témoins disponibles étaient deux. Jacolino et Giusi. Nenè se prit Jacolino, et Ciccio, Giusi. Très sérieux, Jacolino s'approcha de Ciccio et lui demanda quand et comment il voulait se battre en duel. Ciccio arépondit qu'il donnerait sa réponse après s'être consulté avec Giusi.

Laquelle parla longuement avec Ciccio. Elle avait pris le *Roland furieux* et le lui montrait. Ciccio parut convaincu. Alors, Giusi alla en référer à Jacolino et Nenè.

– Mon gentilhomme veut se battre ici et maintenant. L'arme sera la lance. Le duel se déroulera à cheval. Messieurs, il vous revient de choisir le cheval, conclut-elle en montra d'un geste les cinq filles.

Comme il était logique, Nenè choisit la petite qui d'après lui avait les plus beaux seins, Ciccio fit de même avec sa préférée.

– Les duellistes et les chevaux doivent combattre nus, ordonna Giusi. Le public s'assiéra en laissant libre le centre de la chambre.

– Le public aussi doit assister nu au combat ! ordonna Jacolino, en donnant l'exemple.

Il fut obéi au milieu d'une mer de rires et de cris. Giusi, elle, ne se déshabilla pas, elle sortit de la pièce, revint avec deux manches à balai, en donna un à Ciccio et un à Nenè :

– Voici vos lances.

Les deux petites qui devaient faire les chevaux, une fois déshabillées, se firent un chignon sur la tête avec leurs peignes à cheveux.

– Non, dit Nenè, les chevaux ont une crinière. C'est quoi, cette nouveauté ?

Giusi intervint :

– Les cheveux défaits, elles pourraient se faire mal.

– Quelles sont les modalités du combat ? demanda Nenè tandis qu'il se mettait à cheval sur les épaules de la fille.

Laquelle, pour le maintenir en selle, lui agrippa les cuisses à deux mains.

Nenè, un peu inquiet, demanda au cheval :

– Bayard, tu supportes mon poids ?

– Mais tu ne pèses rien ! le rassura le cheval Bayard.

Et il poussa un hennissement auquel répondit celui du cheval sur lequel s'était hissé Ciccio, à l'autre bout de la pièce.

– Si ton cheval s'appelle Bayard, sache que le mien est Rabican, lança Ciccio.

– Et alors, toi, tu serais Astolphe ? Ah ah ! rit Nenè avec dédain.

– Et toi, alors, tu serais Renaud ? Ah ah ! rétorqua Ciccio.

– A mon signal, commencez le combat, dit Giusi. Quand je dis halte, vous vous arrêtez. Le premier qui tombe de cheval a perdu. Prêts ?

A ce point, Nenè leva sa lance et déclama, d'une voix de marionnette* :

– Allons, cours vite, mon brave Bayard,
allons d'Astolphe rentrer dans le lard !

Ciccio ne laissa pas échapper la réplique :

---

* Allusion à l'*opera dei puppi*, marionnettes traditionnelles siciliennes qui mettent en scène les exploits des héros des chansons de geste et du *Roland furieux*.

– Allons vite ô mon brave, mon véloce hippogriffe,
de Renaud et Bayard allons bourrer le pif!

– Prêts? répéta Giusi.

Les cavaliers pointèrent leur lance.

– On accepte les paris! cria Jacolino.

– Allez!

Les deux montures s'élancèrent.

– Cataclop cataclop cataclop, fit Jacolino, qui avait décidé de s'occuper des effets sonores.

Quand le heurt final parut inévitable, les deux chevaux s'écartèrent et s'effrayèrent. Le premier assaut s'était résumé à un simple échange de position. Et Ciccio, brandissant sa lance:

– Tremble, ô Renaud, car si tu en as le courage,
je m'en vais te trouer comme un suisse fromage!

Et Nenè:

– Astolphe, viens, attaque, montre-toi hardi,
et d'un seul coup de lance tu seras fini!

Ils pointèrent de nouveau les lances. C'est-à-dire qu'ils s'enfilèrent les manches à balai sous les aisselles.

– Allez! ordonna Giusi.

Ils partirent de nouveau à l'attaque. Mais Rabican n'avait pas fait deux pas qu'il glissait et tombait à genoux. Astolphe, désarçonné, jeta la lance, tenta de s'agripper à la crinière du cheval, c'est-à-dire au chignon mais tomba à son tour sur le dos. Bayard, pour ne pas aller heurter Rabican, s'arrêta d'un coup. Renaud vola dans les airs, lâcha la lance, atterrit dans une espèce de cabriole.

Éclat de rire général. Car les deux courageux et indomptables chevaliers, tous deux sur le dos, montraient à présent à tous les regards leurs lances personnelles, naturelles, qui, certainement sous l'effet du long frottement contre le cou transpirant des donzelles, s'érigeaient orgueilleusement vers le ciel. Et c'est alors qu'advint le prodige des métamorphoses. Passque à cette vue, le cheval Rabican, se changeant par magie en paladin Astolphe, sur son ex-maître se jetant, avec un cri sauvage se hissa et impétueusement galopa, au milieu des ovations et encouragements des présents, tandis que, sans plus perdre de temps, de même faisait Bayard transmuté en Renaud. Longue et dépourvue de pitié fut l'empoignade, jusqu'à ce que les chevaux soient étendus sans plus de sang dans les veines, immobiles…

Le chevalier Calcedonio Lardera, qui avait plus de quatre-vingts ans, chaque soir, comme d'autres vont au cercle ou au ginéma, s'aprésentait à la Pension Eva et y restait jusqu'à l'heure de fermeture. Veuf sans enfants, ours et sauvage de nature et donc sans amis ni parents qui l'auraient bien aimé, il vivait à présent de ses rentes, rentes qui lui suffisaient à peine pour le strict nécessaire, mais autrefois, il avait été très riche. On disait au pays qu'il avait été très coureur ; mais l'argent comme la vigueur masculine nécessaire pour courir les femmes venant à manquer, il trouvait un réconfort dans ces chastes visites vespérales où, faute de mieux, lui arrivaient aux narines les parfums des dames et dans l'oreille leurs rires. Ponctuel, à neuf heures pile, il entrait et s'asseyait toujours au même endroit (depuis combien d'années était-il signalé par un carton disant : “Réservé au chev. Calcedonio Lardera” ?), appuyant les deux mains sur le manche incrusté d'ivoire de la canne et le menton par-dessus. Il s'aréjouissait des yeux, ne pouvant faire mieux. Ceux qui le connaissaient bien lui demandaient souvent conseil sur querque femme d'une nouvelle quinzaine :

– Chevalier, qu'est-ce que vous en dites, de c'te fille, Ines ? Elle vaut le prix de la passe ?

Le chevalier, soupirant au souvenir des 'spériences passées et désormais dans l'incapacité d'en avoir une, une seule, de ces saletés de 'spériences, rendait son jugement à vue. Et il ne se trompait jamais.

Même quand la guerre devint féroce et que les avions en vinrent à bombarder en traître, sans laisser aux sirènes le temps de donner l'alarme, le chevalier se fit toujours voir à son poste.

Un soir, à trois pas de la grande porte de la Pension, une bombe soudain lui explosa à cinq pas de distance et tandis que se déchaînait un enfer de fer et de feu, d'explosions, mitraillages, canonnades, le chevalier fut collé contre le mur de la Pension par le souffle de la déflagration. Une centaine d'éclats lui dessina le contour du corps et, avec la précision d'un lanceur de couteau dans un cirque équestre, pas un ne le blessa. L'incursion aérienne passa aussi vite qu'elle était arrivée. Et tous ceux qui se trouvaient dedans la Pension et commençaient à se remettre de leurs frayeurs virent le chevalier entrer plié en deux et crier, se tenant la main à la hauteur du bas-ventre :

– Par pitié, *prestu,* vite ! Par pitié !

Par-dessus les voix affolées et impressionnées des petites et des clients, s'éleva, forte, celle de la *Signura* qui se précipitait vers le chevalier :

– Appelez le docteur ! Apportez-moi la mallette des premiers soins ! Le chevalier est blessé !

– Mais pas du tout, je suis pas blessé ! dit le chevalier en se tortillant et en repoussant Mme Flora qui l'avait pris par un bras. Une femme, *prestu* !

– Comment ça, une femme ? demanda, ahurie, la *Signura.*

Mais le chevalier n'arépondit pas, il se mit à courir vers les filles qui s'étaient regroupées au milieu du salon, en agrippa une au vol, elle s'appelait Manola, l'entraîna avec lui en montant l'escalier.

– *Prestu,* Manola, *prestu* !

Les mouvements à l'intérieur de la Pension s'arrêtèrent, tout le monde alla s'asseoir en silence, attendant le retour du chevalier. Mais qu'est-ce qui lui avait pris ?

Se pouvait-il qu'après tant d'années de désarmement... ?

Cinq minutes passèrent, dix.

– Il doit être mort, hasarda un client.

– Je ne crois pas. Manola se serait mise à crier, dit la *Signura*.

Rin. A la trente et unième minute, le chevalier et la petite apparurent en haut des marches.

– Pire qu'un jeune de vingt ans! proclama Manola. Il m'a épuisée!

Tous les présents se levèrent et applaudirent.

– Le chevalier paie la demi-heure, annonça avec orgueil Manola à la *Signura*, en lui remettant la fiche.

– Le chevalier ne paie rien. C'est un cadeau de la maison, dit Mme Flora.

Depuis lors, dès que commençaient à tomber les bombes, le chevalier sortait et marchait à travers les rues, dans l'espoir qu'une nouvelle bombe répète le miracle, celui qui lui avait rendu sa jeunesse pour une demi-heure. Rin, les bombes tombaient trop loin de lui. Alors, il eut l'idée de se procurer une grosse lampe de poche, une espèce de puissante torche qui envoyait deux types de lumière, une intermittente et une fixe. Quand l'alarme sonnait ou quand on bombardait aussi sans alarme, il sortait au grand air et allumait et éteignait la torche, espérant attirer ainsi l'attention des avions. Au lieu de quoi, deux jours avant l'arrivée des 'Méricains, il attira l'attention d'un milicien de garde qui, le prenant pour un espion qui lançait des signaux à l'ennemi, lui tira dessus et le tua.

Le premier jour qu'elle arriva à la Pension Eva pour y passer la quinzaine, on était le 27 août, Nadia trouva, qui l'attendait, une lettre que son frère Filippo lui avait envoyée de la prison de Milan. La lettre disait qu'il avait obtenu la révision du procès qui s'était conclu par sa condamnation à vingt ans et qu'il y avait bon espoir qu'avec un nouveau procès on le remette en liberté. Passque lui, il était, et il le répétait pour la millième fois, innocent. Mais pour ce nouveau procès, où il y aurait pour le défendre un des plus grands avocats de Milan, il fallait, entre une chose et l'autre, et tous les comptes possibles ayant été faits, pas moins de dix mille sept cent cinquante lires. Et où on le trouvait, tout cet argent ? Ninetta (Nadia était son nom de scène) pouvait-elle lui donner un coup de main ? Si elle ne pouvait pas, tant pis. Il resterait en prison.

Nadia se mit à pleurer toutes les larmes de son corps : l'intégralité des économies qu'elle avait réussi à mettre de côté s'élevait à mille trois cents lires, rin en comparaison de ce qu'il fallait pour relancer la procédure.

Cette nuit-là, elle ne parvint pas à s'endormir, elle la passa à virer et tourner dedans le lit, à pleurer, à prier le petit Seigneur, la petite Madone et surtout saint Ambroise*. Et elle fit un vœu : de ne plus faire l'amour pour le plaisir (pour la besogne, c'était autre chose) avant d'avoir réussi à trouver l'argent nécessaire.

Le matin, quand Mme Flora la vit les yeux rouges et gonflés qu'on aurait dit des tomates mûres, elle la prit à part et Nadia lui fit lire la lettre de Filippo. La *Signura* compatit et tenta vainement de la réconforter.

Durant sa deuxième nuit inconsolée, tandis qu'elle priait saint Ambroise, elle éprouva un très fort mal de tête. Elle chercha ses pilules sans les trouver puis se rappela les avoir laissées dans la table de nuit de l'autre chambre, celle où elle besognait avec les clients. Elle sortit complètement nue – il faisait trop chaud –, descendit l'escalier qui conduisait au premier étage, ouvrit la porte de sa chambre à besogner, alluma et manqua s'évanouir.

Assis sur la chaise, il y avait un moine, jeune et très beau, avec la tunique blanche, un manteau noir et une grande barbe. Mais ce qui l'étonna le plus fut que le moine, quoique n'ayant pas les traits d'un noir, était noir de peau.

– Comment êtes-vous entré ? demanda la fille, effrayée.

* Saint patron de Milan.

– Je n'ai pas de problème pour entrer et sortir où je veux, dit le moine.

– Que voulez-vous de moi ? demanda Nadia un peu plus calme, en voyant que l'homme restait tranquillement assis et souriait.

Ce jeune, moine ou pas moine, était vraiment d'une beauté rare, il émanait de lui une espèce de chaleur, d'énergie, de force qui attirait comme un aimant. Malgré son mal de tête et la pinsée de Filippo, Nadia se retint à grand-peine de courir s'asseoir sur ses genoux, de l'étreindre et de l'embrasser.

– Qu'est-ce que je veux ? La même chose que tous les hommes qui viennent te trouver, dit le moine en lui matant les nichons et les cuisses.

Nadia ressentit ce regard comme une caresse très lente sur sa peau, une caresse tellement pleine de désir, de passion, que ses jambes se dérobaient.

– Non, vous devez m'excuser mais je me… je me sens pas de le faire, dit-elle avec difficulté. Et elle ajouta, pour éviter que l'autre pense qu'elle le refusait parce qu'il ne lui plaisait pas : et puis je ne pourrais pas, de toute façon. A cette heure-ci, c'est fermé, le service ne fonctionne pas.

– Même si je te paie bien ?

– Même.

– D'où es-tu ?

– De Milan.

– Donc, ton saint patron est saint Ambroise.

– Oui.

– Et tu le pries querquefois ?

– Oui.

– Mais le saint d'ici s'appelle saint Calogero. Saint Calò. Étant donné que tu te trouves dans le coin, il faut que tu pries pour lui. Milan est loin.

Tandis que le moine parlait, Nadia, sans même s'en apercevoir, s'était rapprochée. Ses jambes avaient bougé seules, elles n'avaient pas pu se soustraire à la puissante, mystérieuse force d'attraction qui venait de ce corps de mâle costaud, corps qu'on devinait sous la tunique. Et puis : quels yeux il avait, le moine ! Deux lacs noirs et sans fond. Et quelle vouche !

La vouche qu'elle se retrouva, sans savoir comment, à baiser désespérément...

En éprouvant un plaisir que jamais dans sa vie... un plaisir si intense qu'il lui suffirait d'un autre baiser pour...

Plaisir ? Et le vœu qu'elle avait fait ? La promesse solennelle ? Non, elle ne pouvait pas le trahir, elle aimait trop son frère Filippo. Elle se leva d'un bond, laissant le giron de l'homme qui lui, ne l'avait pas encore embrassée ni même effleurée. Et il n'avait pas davantage répondu à son baiser.

– Je ne peux pas, excusez-moi.

Et elle sortit de la chambre en emportant la boîte de pilules. Mais, étrangement, elle n'en eut pas besoin, le mal de tête lui était passé, au point qu'elle aréussit à s'endormir. Mais une minute avant de céder au sommeil, elle dit une prière à ce saint, san Calò, qu'elle ne connaissait pas. Quand le lendemain elle s'apprêta à aller besogner, elle chercha la boîte de pilules et ne la trouva pas. Elle descendit dans sa chambre du premier étage et ouvrit le tiroir de la table de nuit : la boîte était là. Elle en fut abasourdie. Comment ça ? Elle ne l'avait pas emmenée dans la nuit, quand elle avait rencontré le moine ? Mais, à y bien réfléchir, c't'histoire du moine était-elle vraiment arrivée ou est-ce qu'elle se l'était rêvée ? A raisonner froidement, tout devait avoir été un rêve dû à l'agitation, à la tension nirveuse dans laquelle elle se trouvait. Imaginez-moi ça ! Un moine qui vient chercher une femme dans un bordel et qu'on sait pas comment il a fait pour entrer ! Un moine noir ! Qu'est-ce qu'elle allait chercher ! Elle en eut presque honte.

Le soir même, vers dix heures, elle sentit monter la fièvre. Elle avertit Mme Flora qui l'autorisa à interrompre la besogne, et elle alla se coucher. Elle avait très soif, la bouche desséchée. La *Signura* vint la trouver à minuit et voulut qu'elle mette le thermomètre. Trente-huit et demi.

– Essaie de te reposer. Demain matin, j'appelle le docteur.

Se reposer : facile à dire ! Quand il fut trois heures du matin, Nadia se leva et comprit qu'il fallait absolument qu'elle descende dans sa chambre au premier. Elle prit l'escalier dans le noir, elle ne voulait pas que ses compagnes l'entendent. Quand elle ouvrit la porte, le moine était là, assis.

– Je t'attendais.

– Et moi je suis venue.

– Je voulais te dire que je me suis renseigné.

– Sur quoi ?

– Sur toi, sur ta vie, sur ton frère Filippo.

– Mais comment avez-vous pu…

– J'ai beaucoup d'amis. Et ces amis m'ont dit aussi que ton frère est complètement étranger à l'affaire, il est 'nnocent.

Ces paroles résonnèrent avec tant de vérité et de conviction que Nadia sentit son sang arrêter de courir dans ses veines. Elle tomba à genoux, les larmes lui coulaient sur le visage.

– Vous parlez sérieusement ?

– Moi, je ne galèje jamais. Et je te dis autre chose : je peux faire en sorte que ton frère gagne le procès.

– Et alors, faites-le, par pitié ! le supplia Nadia en tendant vers l'homme ses mains jointes dans un geste de prière.

– Il y a une condition.

– Laquelle ?

– Que tu me donnes à moi ce que tu donnes aux autres.

– Non, ça non.

– Pourquoi ?

– Parce que…

– Allez.

– Parce qu'avec toi, je sens que j'éprouverais du plaisir.

– Eh bé ?

– J'ai fait un vœu. Et je ne peux pas le trahir.

Il n'y avait rien d'autre à dire. Elle se traîna plus qu'elle ne marcha le long du couloir, se traîna dans l'escalier, se traîna jusqu'au lit de sa chambre. Et, sans plus de forces, s'endormit. Le lendemain matin, elle n'avait pas de fièvre, elle se sentait seulement patraque. Et donc il fut inutile d'appeler le docteur. Il ne lui fallut pas longtemps, à Nadia, pour qu'elle se convainque que l'histoire du moine avait été, cette fois encore, une sorte de cauchemar. A tout hasard, elle demanda à la *Signura* si querqu'un pouvait entrer de nuit en cachette dans la Pension.

– Mais tu es folle? s'entendit-elle répondre.

Le 31 au matin, elle fut aréveillée par une puissante rumeur de tambours. Elle mata entre les volets: douze hommes, en chemise blanche et pantalon noir, chacun avec un grand mouchoir coloré noué sur la tête, battaient en rythme douze tambours de tailles diverses.

– La fête de san Calò a commencé, expliqua Mme Flora aux filles qui étaient toutes continentales. Et demain, premier dimanche de septembre, jour de la fête, la Pension restera fermée en son honneur. C'est le saint du peuple, des malheureux, des malades, des gueux, des crève-la-faim. La fête vaut la peine d'être vue, ceux qui portent la statue du saint courent, sur la civière il y a les minots malades, depuis les fenêtres et les balcons on jette des tranches d'un pain spécial, préparé exprès pour ce jour, et le pain ne touche jamais terre, il est saisi au vol par les gens qui suivent le saint.

– Vous y allez? demanda une petite à la *Signura*.

– Moi, oui. Si vous voulez venir avec moi, c'est volontiers. Le saint sort de l'église demain à une heure précise.

Le lendemain, elles déjeunèrent tôt et à la demi elles sortirent toutes, hormis Nadia qui n'en avait pas envie. Elle alla s'étendre pour penser à ses misères. Vers six heures, elle entendit le bruit des tambours s'approcher, la procession allait passer devant la Pension. Alors elle se leva, alla à la fenêtre, entrouvrit les volets. La première chose qu'elle vit fut la statue du saint. Son cœur lui descendit jusqu'aux pieds et puis lui remonta dans la gorge, la faisant manquer d'air. Comment se pouvait-il que le saint fût vêtu comme le moine, il était sombre de peau comme lui, le visage était tout craché celui du moine, sauf qu'il était vieux et avait la barbe plus longue et toute blanche ? Et fut-ce vraiment à cause du vertige qui la prit que, un instant avant de tomber évanouie à terre, il lui sembla que la statue avait levé les yeux pour la fixer ?

Elle s'adécida à tout raconter à la *Signura*. Mais celle-ci éclata de rire.

– Mais toi, san Calò, tu l'as vu dès que tu es arrivée ici !

– Et où ça ?

– Dans ma chambre, viens que je te le montre.

C'était vrai. Une statuette du saint en papier mâché était posée sur la table de nuit de la dame. Nadia l'avait certainement vue mais sans y prêter attention et puis, entre la fièvre, l'insomnie et les mauvaises pensées, il lui était apparu en esprit et alors elle s'était inventé toute l'histoire du moine qui allait la trouver la nuit.

Arriva le dernier jour de la quinzaine. Nadia ouvrit la valise pour y mettre ses vêtements et aperçut la lettre de Filippo qu'elle conservait là. Quand elle la prit, elle lui parut très lourde et elle pensa que peut-être elle avait mis dedans querque chose sans faire attention. Elle l'ouvrit, y glissa la main et ce qu'elle sentit sous ses doigts la paralysa. Puis, tout doucement, elle tira de l'enveloppe dix billets de mille, sept de cent et un de cinquante. L'argent dont elle avait besoin, la somme exacte. Elle se toucha le front, il n'était pas chaud, elle n'avait pas de fièvre.

“Maintenant, je vais me réveiller et m'apercevoir qu'il n'y a rien de vrai.” Et elle se donna une grande mornifle au visage. Elle éprouva de la douleur mais ne s'aréveilla pas. Et donc tout était vrai. L'argent dont elle avait besoin pour son frère était là, sur le lit. Ce qu'il lui fallait, en liquide.

Mais comment était-ce possible ? Et puis, elle comprit. En tremblant, elle rouvrit la porte, parla dans un souffle :

– Mme Flora, s'il vous plaît, venez tout de suite.

La *Signura*, entendant la voix bouleversée de la fille, se précipita.

– Entrez et fermez la porte. Regardez sur le lit. Qu'est-ce que vous voyez ?

– Beaucoup d'argent.

Et alors, pleurant, riant, butant de temps à autre sur des mots, en avalant querques autres, Nadia embrassa la *Signura* :

– Il m'a fait un miracle ! Vous avez vu que j'avais raison ? Vous avez vu qu'il est venu à me trouver deux fois pour me mettre à l'épreuve ? Il voulait voir si je maintenais vraiment mon vœu !

La *Signura* était si émue qu'elle n'aréussissait plus à parler.

– Maintenant, qu'est-ce que je dois faire ? demanda à la fin Nadia.

La dame y réfléchit un moment.

– Qu'est-ce que tu veux faire ? Rin. Prends-toi l'argent et expédie-le à ton frère. Mais maintenant, sors, va à l'église et allume un cierge à san Calò. Un seul, à lui ça lui suffit largement. Ah, une chose. De c't'affaire, ne dis rien à personne. J'insiste, hein. Est-ce qu'on pourrait raconter aux gens que la nuit, san Calò va trouver une putain au bordel ?

A peine acommença-t-il de parler, à l'âge où les minots acommencent à parler, que son père et sa mère, son grand-père et sa grand-mère, les oncles, en somme toute la famille se rendit compte que Domenico Piolo, dit Minicuzzo, était bègue, c'est-à-dire qu'il butait sur les mots. Un tourment pour lui et pour ceux qui devaient l'écouter.

A l'école 'lémentaire débutèrent les moqueries de ses petits camarades. La maîtresse :

– Toi, tu t'appelles comment ?

– Do… Do… Do…

– Do ré mi fa sol la si do, disait en chœur la classe.

Et quand il commençait le prénom :

– Pio… Pio… Pio…

– Cot cot codèque ! faisait la classe.

Comme il apprit vite à lire et à écrire, il se promenait toujours avec des feuilles de papier sur lesquelles il écrivait au lieu de parler. Il décrocha le diplôme de comptable et se fit embaucher à la mairie. A quarante-cinq ans, il se maria avec une femme qui en avait cinq de moins que lui, mais qui jusque-là avait vécu chez ses parents, ne sortant que pour aller à l'église. Au bout de six mois de mariage, Minicuzzo comprit que Luisina, sa femme, la chose, elle la lui laisserait faire une seule fois par mois, dans l'obscurité complète, avec la chemise de nuit juste relevée ce qu'il fallait. Et pendant qu'il le faisait, Luisina récitait à voix basse des jaculatoires et des Pater.

– Mais pour… pour… pour… pourquoi tu… tu… tu… tu pries ?

– Pour ne pas tomber dans le péché de la chair.

Le septième mois, Minicuzzo Piolo s'apprésenta à la Pension Eva, qu'il avait fréquentée avant le mariage mais qu'il se remit à fréquenter régulièrement chaque samedi soir.

– Mais où tu vas ? lui demanda Luisina au bout d'un an que son mari sortait chaque samedi soir.

Elle était plutôt lente à comprendre ce qui se passait autour d'elle, elle semblait un peu abrutie.

“Je vais jouer à la *scopa* avec le père Tano”, écrivit Minicuzzo sur la feuille.

C'était en partie vrai. Minicuzzo se dépêchait de jouer une partie et après, au pas de course à la Pension. Mais au bout de deux ans, il arriva que le père Tano mourut.

– Pourquoi tu sors pareil alors que feu le pôvre père Tanu, il est plus ?

Bouh, quel tracassin ! Minicuzzo, qui avait la spécialité de dire une moitié de vérité et une moitié de menterie, écrivit : “Je vais à la Pension Eva.”

De toute façon, qu'est-ce qu'elle en savait, Luisina, de la Pension Eva ? Ça pouvait même pas lui passer par l'antichambre de la coucourde, que c'était un bordel. Est-ce qu'elle le savait seulement, Luisina, ce qu'était un bordel ? Et de fait, Luisina, qui l'ignorait, lui demanda :

– Ah oui ? Et qu'est-ce que tu vas y faire ?

"Tous les samedis, il y a un bon médecin qui me soigne. Peut-être qu'il va réussir à me guérir le bégaiement", écrivit Minicuzzo.

Puis, un vendredi, en parlant dans la sacristie avec le curé qu'elle allait voir un jour sur deux, il advint que Luisina raconta que son mari était en train de se soigner pour ne plus bégayer.

– Ah, très bien, et qui le soigne ?

– Un docteur qui habite à la Pension Eva.

– Qui habite où ?!

– A la Pension Eva, c'est ce qu'il m'a dit, Minicuzzo.

Aussitôt, le curé parut possédé par le diable. Il se mit à pousser des cris, à dire que Minicuzzo était une personne dégueulasse et indigne.

– Mais pourquoi ?

Et le curé lui expliqua ce qu'était la Pension Eva, qu'il y avait là des femmes et ce que venaient y faire les hommes. Luisina ne broncha pas, elle ne pleura pas, ne se désespéra pas. Elle rentra à la maison l'air tranquille et content, prépara à manger comme d'habitude, s'endormit comme d'habitude. Quand le lendemain, à huit heures et demie du soir, Minicuzzo s'apprêta à sortir, Lusina voulut en avoir le cœur net :

– Tu vas à la Pension ?

– Oui.

Dans la matinée, en parlant avec la bonne, elle avait réussi à savoir où était situé le bordel. Elle s'habilla et dedans son sac à main glissa un poids de fer de deux kilos qu'elle prit sur la balance. Elle sortit, marcha sans hâte, arriva devant la grande porte de la Pension et y entra, résolue. Et justement, par une combinaison du hasard, dans l'antichambre, elle croisa son mari qui sortait avec une belle expression satisfaite. A l'instant où il la vit, l'homme changea d'un coup d'expression et s'immobilisa. Avec calme, Luisina souleva le sac à main, le fit tournoyer, le balança dans la tête de Minicuzzo. Puis elle s'en alla, sans piper mot. Minicuzzo, en se tenant la tête d'où giclait une fontaine de sang, les jambes vacillantes, entra dans le salon de la Pension en poussant des cris de cochon qu'on égorge :

– La tête elle me cassa ! Au secours ! Aidez-moi ! Par pitié ! Au secours ! Ma femme, la tête elle me rompit !

Et ensuite, il ne parla plus, ne se plaignit plus. Blême, foudroyé par ce qui lui arrivait. Il avait dit ces paroles toutes à la suite, sans bégayer, sans bredouiller, sans buter sur les mots ! La fausse cure avait, d'une manière inattendue, produit l'effet désiré. Et depuis lors, Minicuzzo Piolo ne bégaya plus.

Ensuite, il y eut la fameuse chute de l'ange. Parmi les filles de la quinzaine qui arrivèrent à la Pension dans les quinze derniers jours de 1942, il y avait, ça sonnait bien, une fille du Trentin qui avait trente ans. Elle s'appelait Marianna Zunic, Ambra de son nom de scène.

Elle s'apprésenta avec deux valises, une grande et une petite. A peine entrée dans sa chambre à coucher, elle ouvrit la petite et en tira un grand assortiment d'images de saints, de saint Louis Gonzague à saint Ignace en passant par saint Alphonse de Liguori, sainte Thérèse à l'enfant Jésus, sainte Genoveffa, saint Roch, sainte Marthe, toutes dûment encadrées et avec le porte-lumignon, qu'elle accrocha aux murs, en même temps qu'un crucifix de bonne taille qu'elle disposa sur la table de nuit, une dizaine de rosaires et deux bouteilles d'eau bénite. Quand la *Signura* vit la chambre ainsi arrangée, elle s'inquiéta et demanda aux autres filles si cette manie religieuse se manifestait en présence des clients.

– Mais pas du tout, *Signura*! Au travail, rien à dire.

Ça la regardait, donc, si avant d'aller se coucher, elle récitait agenouillée à côté du lit toutes les stations du rosaire, ça la regardait si le matin, à peine aréveillée, elle priait minimum une demi-heure, ça la regardait si elle purifiait la partie qui avait commis le péché avec l'eau des bouteilles. Certes, si quelqu'un qui n'en savait rien entrait pendant la nuit dans la chambre d'Ambra, il lui viendrait à tous les coups une attaque, avec tous ces lumignons allumés qu'on se serait cru exactement pareil que dans un cimetière.

A l'aube du quatrième jour où Ambra était arrivée, entra dans le port un U-Boot, un submersible allimand qui depuis huit mois n'avait vu que l'eau de la mer. Dans l'après-midi, tout l'équipage en permission s'amarra à la Pension. Messieurs les officiers non, ils ne descendirent pas à terre, ils devaient démontrer qu'ils étaient voués à une seule chose : la victoire du Führer et du IIIe Reich. Mais à la pinsée que, à querques centaines de mètres, il y avait certainement des femmes à disposition de qui les voulait, l'Oberleutnant Ernst Grisar n'y tint plus et vers le soir il demanda au commandant la permission de débarquer trois heures. Celui-ci le considéra avec mépris et dit :

– Bon, d'accord. Mais ne descendez pas en uniforme, ne vous faites pas reconnaître.

L'Oberleutnant se mit un pantalon civil, un pull boutonné devant, une grosse veste dont il releva le col et les revers pour se cacher le visage, et s'enfila sur la tête une espèce de colback aux oreillettes abaissées. Il avait l'air prêt à descendre sur la banquise polaire. A peine à terre, il rencontra un des hommes de l'équipage qui rentrait à bord et lui demanda des informations. Celui-ci lui expliqua la route à suivre, c'était à quatre pas. L'Oberleutnant qui était vraiment à l'extrémité de ses capacités de résistance, se mit à courir, entra comme un boulet de canon dans la Pension, agrippa la première femme qui lui tomba sous la main, c'est-à-dire Ambra :

– *Komm schon!*

Ambra n'avait pas fini d'entrer dans la chambre que lui, il s'était déjà débarrassé de ses chaussures, du pantalon et du caleçon. La petite ôta sa chemise.

– *Schnell! Schnell!* dit l'Oberleutnant en lui faisant signe de s'enlever tout de suite le soutien-gorge et la culotte.

Tandis qu'Ambra obéissait, l'Allimand se libéra de la veste et du pull.

– *Kondom?* s'enquit Ambra qui parlait querques mots d'allemand, de ceux qui regardaient son métier.

– *Ja.*

Tandis que l'Allimand commençait à retirer son colback noué sous le menton, Ambra pivota vers la table de nuit, ouvrit le sachet et à la seconde où elle se tourna vers l'homme... Ernst Grisar avait passé la trentaine depuis peu, il était grand, avait une grande cicatrice au côté, sur le flanc, due à une blessure de guerre, il avait des cheveux rougeâtres si longs qu'ils lui tombaient sur les épaules et, pour faire bon poids, une barbichette autour du menton, naturellement rougeâtre, qui lui encadrait le visage. A l'instant où Ambra le mata, l'Allimand s'étirait les bras en croix. Aussitôt, Ambra, devenue blême comme une morte, se persuada que le crucifix qu'elle gardait sur la table de nuit de sa chambre s'était fait vrai, en chair et en os, et qu'il était descendu pour la trouver. Pas de doute: c'était lui. Elle poussa un cri qui parvint jusqu'au salon et effraya tout le monde, puis s'agenouilla et acommença à baiser les pieds de l'Allimand.

L'Oberleutnant, quelque peu étonné, l'agrippa par les cheveux et tenta de la relever, il en avait strictement rien à foutre de se faire baiser les pieds. Mais Ambra résistait et il se mit à pousser des cris dans sa langue qu'on aurait dit un fou furieux. D'en bas arrivèrent en courant Mme Flora, trois clients affectionnés et connus et deux petites. Ils ouvrirent la porte et entrèrent. Ambra était déjà tombée en extase, le corps hypertendu, les lèvres retroussées découvrant les dents, l'œil retourné qu'on lui voyait le blanc. L'Oberleutnant, blasphémant en allimand, agrippa ses vêtements et ses chaussures, s'empara d'une des deux filles, se la tira derrière lui dedans une chambre libre, ferma la porte et en sortit deux heures plus tard.

Le soir, à table, il y eut une discussion sur l'événement entre les filles et la *Signura* Flora. Et ce fut elle qui prononça les paroles d'absolution pour Ambra, qui n'avait pas voulu sortir de sa chambre et restait enfermée à prier.

– Certes, dit-elle, Ambra, qui est déjà portée de par sa nature, à se voir devant elle cet Allimand qui était le portrait tout craché...

La vie suivit un cours tranquille pendant deux jours encore. Puis vint la nuit où, au-dessus du pays, passa pour la première fois une onde de Liberator 'méricains.

Ils venaient de la mer à basse altitude et rien que le bruit suffisait à faire écrouler les murs des maisons. Jamais auparavant on n'avait entendu un bruit si terrifiant. Tout de suite, les batteries antiaériennes et celles des navires à quai commencèrent à tirer. Pour en rajouter une couche, quatre ou cinq aéroplanes allimands lancèrent des attaques désespérées contre la formation 'miricaine. Toutes les filles, et la *Signura* Flora elle-même, fuirent à l'abri.

Toutes, sauf Ambra. Restée seule, elle priait à voix très haute tandis que la Pension semblait dans l'épicentre d'un tremblement de terre. Au bout d'un moment, Ambra se mit en tête que ses prières, peut-être, seraient mieux écoutées du Seigneur si elle les criait depuis la terrasse. Elle sortit de la chambre, monta la volée de marches, ouvrit la petite porte et s'atrouva au milieu des réservoirs d'eau. Il n'y avait pas de lune, mais des centaines et des centaines d'étoiles qui s'allumaient et s'éteignaient sans arrêt et d'autres qui semblaient des étoiles filantes, des comètes, et qui étaient les trajectoires des projectiles, des grenades, des traçantes. Elle s'agenouilla, les yeux levés vers le ciel. Puis le halo de lumière farineuse d'un projecteur effaça un instant les ténèbres, disparut. Et elle, en cet instant, le vit. Et même le contempla et l'admira, l'ange. L'ange qui lentement et silencieusement descendait vers la terre, ses grandes ailes déployées sur ses épaules. Le radio 'miricain Angelo Colamonaci, petit-fils d'émigrants, mais qui ne parlait et ne comprenait que le parler des Stati, s'était vu vraiment mal barré dans le Liberator qui plongeait, en flammes, son uniforme aussi avait pris feu. Il avait aréussi à l'enlever, à se mettre le parachute, à se jeter hors de l'avion. Et maintenant il tombait lentement, il n'y avait pas un souffle de vent, en espérant qu'on ne le voyait pas, qu'on ne ferait pas du tir à la cible sur sa personne.

Ambra écarquillait les yeux et tremblait, attendant une deuxième apparition miraculeuse. Et de fait, le halo du projecteur, d'un coup, dévoila de nouveau l'ange nu et alla plus loin. Au bout d'un instant, Ambra entendit un grand bruissement et l'ange arriva sur la terrasse, fit une espèce de cabriole, se releva en se libérant en hâte des grandes ailes qu'il enroula. Mais il s'arrêta au milieu de sa tâche : il avait entrevu une ombre agenouillée. L'ombre, avançant sur les genoux, s'approcha. C'était une femme qui lui demanda :

– Tu es un *angelo*, un ange, pas vrai ?

– *Yes*, dit Angelo, encore trop choqué pour s'étonner que cette femme connaisse son nom.

Alors, la femme lui baisa la main. Touchant le visage dans l'obscurité, Angelo se rendit compte qu'il était mouillé, trempé de larmes.

Il la fit se relever et, par gestes, lui demanda où il pouvait cacher le parachute.

“S'il veut cacher ses ailes, ça veut dire qu'il ne désire pas qu'on sache qu'il est un ange”, pensa Ambra, heureuse de partager un secret avec lui.

Elle le guida vers un réservoir qui, ayant été troué par un éclat, était vide et sec. Angelo souleva le couvercle qui le couvrait en pensant que là-dedans il pouvait se mettre lui aussi, et pas seulement le parachute. Maintenant le silence régnait, les avions étaient passés, personne ne tirait plus. Puis, on entendit la voix de la *Signura* qui appelait :

– Ambra, tu es sur la terrasse ?

– Je descends, répondit la jeune femme.

L'ange ne voulait sûrement pas être vu d'elle parce que dès qu'il avait entendu la voix de la *Signura*, il s'était glissé dans le réservoir. Ambra arrangea mieux le couvercle et descendit.

Le lendemain, à table, une pinsée soudaine frappa Ambra. Est-ce que les anges mangeaient ? Elle aréussit à faire disparaître le pain qui lui revenait et un peu de fromage. Quand la nuit fut venue, elle remonta sur la terrasse, approcha du réservoir :

– *Angelo !*

Le couvercle se releva et Angelo apparut. Il la vit et sourit. Il sourit davantage tandis qu'il se mangeait, en deux bouchées, le pain et le fromage. Ça, c'était un ange qui avait une faim de loup, se dit Ambra. Et non seulement il avait faim, mais il tremblait de froid, nu comme il était. Tiens, quelle chose étrange ! Les anges étaient pareils que les hommes ! Vu qu'il avait si froid, Ambra décida de l'aider. Mais où trouver des vêtements d'homme ? Elle fit signe à l'ange d'attendre, descendit l'escalier et alla frapper légèrement à la porte de Mme Flora.

– C'est moi, Ambra, madame.

– Rentre. Qu'est-ce qu'il y a ? demanda la *Signura* en allumant.

Elle eut peur. Car Ambra avait des yeux de folle, écarquillés, et un grand sourire dément qui lui fendait le visage.

– Madame, sur la terrasse, il y a un ange qui est tombé. Il y est encore.

Et bonsoir chez vous. Celle-là était définitivement barrée. A enfermer. La seule chose à faire était de la maintenir calme jusqu'au lendemain.

– Bon, bien. Demain, s'il est encore là...

– Non, madame, il meurt de froid, il faut faire vite !

Un ange, qui mourait de froid ? La *Signura* fut prise d'un doute.

– Allons voir.

Et ce fut ainsi que le 'Méricain fut sauvé. La *Signura* le vit, vit le parachute, sortit, revint avec deux couvertures de laine, un coussin, une grosse miche de pain, deux œufs frais à gober, un morceau de fromage, un cornet d'olives, une bouteille d'eau, une bouteille de vin. Elle fit comprendre à l'ange qu'il devait rester tranquille dans le réservoir, elle allait s'en occuper, elle, de tout arranger. A ce point, Ambra se mit à crier :

– L'ange est à moi !

La *Signura*, avec une divine patience, la persuada que personne ne toucherait à son ange. Qu'il était sien. Et qu'elle pouvait venir le trouver pendant la nuit.

Puis la *Signura* parla à qui elle savait devoir parler. Deux jours plus tard, deux maçons montèrent sur la terrasse pour réparer le réservoir cassé. Quand ils eurent fini la besogne et qu'ils descendirent, ils étaient adevenus trois. La même nuit, Ambra, qui avait entre-temps découvert que les anges faisaient l'amour comme les hommes mais beaucoup mieux, d'une manière naturellement angélique, trouva le réservoir plein d'eau. Elle chercha sur la terrasse, dedans d'autres réservoirs, rin, aucune trace de l'ange. En larmes, elle alla aréveiller la *Signura.*

– Je le trouve plus ! Qu'est-ce que j'ai fait de mal ?

– Rin, tu fis, Ambra. Il s'en est allé pendant que tu besognais. Il m'a dit de te dire qu'il t'aime beaucoup et qu'il serait resté avec plaisir mais on l'a rappelé au paradis, il paraît qu'en ce moment ils ont beaucoup de boulot. Il te remercie de tout et t'offre ceci en souvenir.

Elle se baissa et tira de dessous le lit une énorme plume d'un oiseau rare tout blanc que, bien des années auparavant, le seul homme qu'elle eût aimé dans sa vie lui avait rapportée d'Afrique. Elle l'avait toujours gardée près d'elle, avec elle, et maintenant, sans regret, elle la tendait à la petite.

5

Une saison en enfer

"Jadis, si je me souviens bien, ma vie était un festin
où s'ouvraient tous les cœurs, où tous les vins coulaient.
Un soir, j'ai assis la Beauté sur mes genoux.
– Et je l'ai trouvée amère."
Arthur Rimbaud, *Une saison en enfer*

Dans les premiers jours de mars 1944, la guerre, avec les incursions des aéroplanes, assaillit le bourg le matin, l'après-midi et la nuit comme un chien enragé. Pour régler leurs affaires, les gens avaient plus ou moins une demi-heure entre deux bombardements. Le fait était qu'à présent, aux côtés des Anglais, les Américains s'étaient mis en force. Les avions 'méricains balançaient des bombes à la *sanfasò*, n'importe comment, sans s'attarder à fixer leurs objectifs, à mater où elles tombaient, alors qu'au contraire les appareils anglais bombardaient seulement là où ils avaient raison de bombarder : le port, les bateaux, la centrale électrique, la gare. Les bombes 'méricaines détruisirent la moitié du bourg, firent des dizaines et des dizaines de morts 'nnocents et effrayèrent tellement les gens que les maisons furent abandonnées, tout le monde emporta des lits et des draps dans les abris, et n'en sortaient plus que ceux qui en avaient la nécessité absolue. Difficile de se déplacer d'une ville à l'autre, les cars et les trains étaient sans cesse mitraillés et bombardés. Puis, du continent n'arrivaient plus le courrier, les journaux, les médicaments et tout ce dont on avait besoin parce que les bateaux n'arrivaient pas à passer le détroit de Messine, les avions ennemis étaient si nombreux qu'on aurait dit des oiseaux dans le ciel, ils ne laissaient pas le moindre espace libre.

Et, inévitablement, cette situation entraîna des conséquences pour la Pension Eva. Non qu'il y eût maintenant moins de clients, ils avaient même augmenté : la différence était qu'ils ne "faisaient plus flanelle", ils restaient plus à galéjer au salon avec les petites, ils montaient, consommaient en hâte, payaient, ressortaient. On n'entendait plus la voix de Mme Flora qui de temps en temps exhortait :

– Allons, les gars, montez !

Ce n'était plus un plaisir, c'était devenu quasiment une nécessité, un besoin de se sentir vivant. Mme Flora en donna à Ciccio et à Nenè une explication qui parut parfaite aux deux amis :

– Avec la peur de la mort augmente l'envie de baiser.

Mais la conséquence la plus importante fut qu'à partir du 10 mars, il adevint impossible de changer la quinzaine. A part la difficulté des déplacements, qui entraînait des retards de deux ou trois jours dans l'arrivée de la nouvelle quinzaine, entre janvier et février, huit filles, trois à Messine et cinq à Palerme, durant les trajets entre deux bordels, y laissèrent la peau. Est-ce que les gérants des établissements pouvaient perdre ainsi une marchandise si précieuse et surtout, étant donné l'époque, de remplacement compliqué ?

Et ce fut ainsi que les filles qui, le 10 mars, s'atrouvaient de service à la Pension Eva, d'oiseaux migrateurs qu'elles étaient, adevinrent habitantes fixes. L'équipe féminine resta composée ainsi :

Angela Panicucci, dite Vivì
Romilda Casagrande, dite Siria
Francesca Rossi, dite Carmen

Giovanna Spalletti, dite Aida
Michela Fanelli, dite Lulla
Imelda Vattoz, dite Liuba.

Malgré le danger d'être mitraillé, Nenè, chaque dimanche matin (la nuit du samedi, il la passait avec Giovanna, l'étudiante-professeur), descendait de Montelusa à Vigàta pour voir son père et sa mère, reprenait le car le lundi à l'aube, allait au lycée mais le soir, il reprenait de nouveau le car et s'aprésentait à la Pension pour le dîner en compagnie de Ciccio, de Jacolino et des petites. Le caractère des trois amis connut un changement, léger, mais un changement tout de même. Jacolino, par exemple, se fit bigot. D'un coup, du soir au matin. Il était adevenu presque muet, n'ouvrait plus la bouche que pour souffler. Le dimanche, il ne ratait pas la première messe, se confessait, communiait.

– Jacolì, mais comment ça se fait ?

– Laisse-moi tranquille.

– Mais alors, étant donné que t'es devenu pratiquant, tu ne devrais plus aller à la Pension Eva.

– Mais moi, j'y vais juste pour étudier !

– Ce n'est pas vrai. Tous les lundis, tu vas te faire la fête avec les filles.

– Et quel mal y a-t-il à manger ensemble ?

A Nenè, il lui vint la lubie qu'il n'y avait pas un soir sans que, en allant manger chez Giovanna, à l'instant où il entrait chez la jeune femme, il se l'emmène dans la chambre. Il faisait un truc qui ne durait pas dix minutes, en vitesse, comme si querqu'un l'attendait et puis, tout de suite après le repas, la ramenait dans la chambre à coucher.

Et souvent et volontiers, il remettait ça une dernière fois juste avant d'ouvrir la porte et de sortir, debout, et même avec l'imperméable déjà mis.

A Ciccio, en revanche, était venue la manie des paris les plus bizarres.

– On parie que je me mange un rouget vivant d'un demi-kilo, mais sans les arêtes ?

Il se le mangea.

– On parie que je monte les huit volées de marches de ma maison en faisant le poirier ?

Celui-là, il le perdit, à mi-chemin de la septième volée, ses mains ne le soutinrent plus.

Et puis, il balança un défi spectaculaire :

– On parie que je fais mes besoins, un dimanche, sur la place publique, juste devant les colonnes de la mairie ?

– Les besoins complets ?

– Complets.

– Au milieu de la matinée ?

– Au milieu de la matinée.

Nenè et Jacolino acceptèrent. Comme un fait exprès, le dimanche suivant, alors que les trois amis étaient en train de prendre un granité au café Castiglione, qui était en face de la mairie, une grêle de bombes commença à s'abattre.

– Allons à l'abri, c'est un truc sérieux, proposa Jacolino.

– Bougez pas, dit Ciccio.

La terre commença à trembler, une fumée grisâtre arrivait de la ruelle derrière le café, une maison avait dû être touchée. Dans les rues, il n'y avait plus âme qui vive. Une autre bombe éventra un immeuble à une vingtaine de mètres, maintenant on voyait comme dans une brume, on toussait, on était en danger d'étouffer.

– Allons-y, les gars, ici, ils nous tuent, lança Jacolino, agité.

Alors, Ciccio se dirigea calmement vers la colonnade de la mairie, s'arrêta, baissa le pantalon et le caleçon, s'accroupit et, dans un hourvari de bombes, de mitraillage, d'éclats, de pierres, de briques, de gravats, de bouts de meubles qui volaient en l'air, il gagna son pari.

– Cet étron, je le dédie à la guerre! cria-t-il à tous et à personne, en se relevant. Et cela résonna non comme un cri de défi, mais de rage, de désespoir.

Il adevint difficile de trouver à manger. Les chalutiers et les *rizzi viliari* * ne sortaient plus guère pour pêcher, il y avait le risque d'être mitraillé ou de heurter une mine. Le pain qu'on donnait contre les tickets de rationnement était verdâtre, moisi, et quand on le brisait, si on prenait la mie, qu'on la roulait et la jetait contre un mur, elle y restait plaquée comme si c'était de la colle. L'huile, on n'en trouvait plus, la viande pas la peine d'en parler. Le repas à la Pension Eva fut quelquefois à base d'olives, de sardines salées et de tomme de fromage pour accompagner les deux grosses miches de bon pain que Jacolino réussissait mystérieusement à se procurer. Ce qui ne manquait jamais, c'était le vin.

Et les filles finirent par se mettre en ménage avec un ou plusieurs hommes. Parce que certains clients fixes, quand ils venaient, ils choisissaient toujours la même. Par exemple, Michele Testagrossa, un quinquagénaire menuisier de son métier, s'aprésentait le mardi et le samedi, se prenait Carmen et consommait en une demi-heure. Nicola Parrinello faisait de même, le mercredi et le vendredi, avec Liuba. Laquelle cependant avait aussi don Stefano Milocca qui arrivait de Montelusa avec une mallette, traitait avec Mme Flora sur le *prix à convenir*, s'enfermait dans la chambre avec la fille et en sortait à l'heure de la fermeture.

– Mais, explique-moi une chose, Liuba. Ce don Stefano a déjà passé la soixantaine, tu vas pas me dire qu'il passe tout ce temps avec toi à...

A la question de Nenè, Liuba se mit à rire.

– Mais pas du tout! Il y pense même pas!

---

* Petites barques à voile servant à la pêche côtière.

– Non ?! Et qu'est-ce qu'il fait ?

– Écoute : dès qu'on est nus, il ouvre la mallette. Dedans, il a un habit de bonne sœur et un de prêtre. On les met et il se confesse.

– Comment ça, il *se* confesse ? Il *te* confesse.

– Mais non. C'est lui qui s'habille en bonne sœur et qui se confesse. Et si tu savais l'imagination qu'il a ! Il parle pendant des heures, il me raconte que le diable vient le trouver de temps en temps, il la lui met à plusieurs reprises par derrière et puis il exige de faire des choses incroyables, ou bien que la mère abbesse l'a dragué et que lui n'a pas pu dire non, des choses de ce genre, quoi, mais avec des détails que certaines fois, j'en reste bouche bée.

Mais les véritables ménages qui se constituèrent furent au nombre de deux.

Le baronnet Giannetto Nicotra di Monserrato avait à l'époque une quarantaine d'années. De l'argent, il en avait tant qu'il voulait, des terres, des maisons et des possessions à Palerme et à Vigàta, tout cela lui avait été apporté par sa femme Agatina, d'une laideur à faire peur, fille d'un commerçant riche comme Crésus qui avait voulu acheter le titre à sa fille. Le baronnet s'était vendu vu que, coureur de jupons comme il était, il avait toujours un grand besoin d'argent. Il n'était pas parti à la guerre parce qu'il boitait un peu à la suite d'une chute de cheval à l'âge de quinze ans. Venu à Vigàta pour s'occuper de la vente d'un terrain, au bout de trois jours sans femme, il était allé à la Pension Eva et avait été reçu aussitôt dans un des petits salons privés.

Et il avait rencontré Siria. Le lendemain, il s'était présenté de nouveau. De ce moment, il n'avait plus laissé Siria. Il arrivait dans sa voiture de sport, une des rares qui tournaient encore passqu'à lui, l'essence ne lui manquait jamais. Les premières fois, il paya la demi-heure, puis lui aussi passa au *prix à convenir.*

Et Siria qui, avant, était une fille allègre et qui réchauffait le cœur, s'était faite maintenant silencieuse et distraite, comme si elle était toujours prise par ses pensées.

– Siria, mais par hasard, tu n'es pas tombée amoureuse du baronnet ?

– Tu veux changer de sujet, Nenè ?

– Et lui, il est amoureux de toi ?

– Je t'ai dit de changer de sujet.

Dans la nuit entre le 3 et le 4 juin, il y eut un bombardement pire que les autres. La maison de campagne où habitait le baronnet fut elle aussi détruite, la bombe qui la frappa devait être très grosse passque de la construction il ne resta qu'une montagne de poussière et querques bouts de bois qui avaient été des meubles. L'équipe de secours, à force de creuser, trouva une main avec l'anneau nobiliaire à un doigt, un pied et querque chose qui avait dû être une tête d'homme. Tout ce qui restait du baronnet Giannetto Nicotra di Monserrato. De la voiture de sport, on ne trouva pas trace, peut-être que querqu'un se l'était emportée avant que l'équipe arrive. Le beau-frère du baronnet s'aprécipita à Vigàta et y resta le temps nécessaire pour prendre les restes et les ramener à Palerme pour les funérailles.

A la nouvelle de cette mort, Siria d'abord s'évanouit et puis se mit à hurler comme une démente, au point que le médecin dut venir lui faire une 'njection de calmant. La *Signura* lui permit de ne pas besogner pendant deux jours, qui étaient un samedi et un dimanche, et elle resta enfermée dans sa chambre à chialer. Le lundi matin, elle parut plus calme et, ayant passé la visite médicale, dit à Mme Flora qu'elle voulait aller voir où était mort le baronnet et qu'elle serait rentrée à temps pour se mettre à table avec ses compagnes. La *Signura* le lui déconseilla, mais elle s'était mis cette idée en tête. Elle dit au revoir et sortit. Ne la voyant pas rentrer à l'heure du repas, Mme Flora s'inquiéta et demanda à Jacolino d'aller voir si Siria était encore là-bas, à pleurer devant la maison détruite du pôvre Giannetto Nicotra.

Jacolino y alla et revint en disant qu'il ne l'avait pas vue. La *Signura* attendit jusqu'à sept heures du soir puis décida d'aller signaler sa disparition aux carabiniers.

Le repas de ce soir-là avec Ciccio, Nenè et Jacolino fut une espèce de dîner funèbre. Personne n'avait envie de rire ou de blaguer, la pinsée de tous allait à Siria.

– Espérons qu'elle n'a pas fait une bêtise, dit Carmen, exprimant l'idée que d'autres aussi avaient, mais qu'ils ne voulaient pas mettre en mots.

De Siria, on n'eut plus de nouvelles. On ne la retrouva ni morte ni vive. Dans sa chambre étaient restées ses affaires, hormis ce qu'elle emportait dans son sac à main, quelques lires, la carte d'identité, deux photographies, une de son père et une de sa mère, un mouchoir. Mme Flora s'empressa d'écrire à la famille pour l'informer mais elle n'eut pas de réponse, peut-être la lettre n'arriva-t-elle jamais.

La deuxième histoire d'amour fut celle de Giugiù Firruzza et de Lulla. Giugiù était de bonne famille, sérieux, éduqué, studieux, il était en troisième année de médecine à Palerme. Son père, don Antonio, qui avait les relations nécessaires, l'avait fait réformer au conseil de révision où un médecin complice lui atrouva le cœur très malade. En fait, Giugiù, du moins jusqu'au moment où il rencontra Lulla, avait le cœur en parfait état. Il avait été fiancé – et lui, brave garçon, avait obéi à la volonté paternelle et maternelle – avec une lointaine cousine, une pitchoune dévote, un peu grosse et avec des lunettes, qui allait chaque jour à la messe. Ninetta, ainsi que s'appelait la future, après deux années de fiançailles, lui avait permis de l'embrasser non sur la bouche, mais à côté. Et puis elle avait couru à l'église se confesser. Et ça avait été la première et la seule fois où la bouche du jeune homme avait touché la peau de sa fiancée. Donc, ce fut vraiment par nécessité de la nature que Giugiù Firruzza, et que je tiens et que je tiens jusqu'à ce que je ne tienne plus, s'arésolut à franchir, tout vergogneux, la porte de la Pension Eva. Et il advint qu'il alla avec Lulla, non par choix, mais passqu'à ce moment elle était la seule personne libre. Et lui, il voulait faire ça rapidement, de toute façon, pour ce dont il avait besoin, une femme en valait une autre. A peine entré dans la chambre, Giugiù sentit le parfum. C'était une fragrance forte, pénétrante, une essence qui évoquait surtout la menthe poivrée, la cannelle et le clou de girofle. C'était vraiment bon, ça élargissait les poumons, et si peut-être elle était trop dense, on aurait dit qu'elle collait à la peau. Et de fait Giugiù, dès qu'il eut fini avec la fille, comprit que cette odeur, il aurait du mal à se l'enlever: elle avait comme déteint sur sa peau, sur sa poitrine, sur son ventre, sur tout le bas-ventre.

– Où est-ce que tu l'achètes, ce parfum?

– Je ne l'achète pas, je me le fais.

– De quoi il est fait?

– Ce sont des herbes séchées, quelqu'un me les a données il y a deux ans et m'a appris comment en tirer un parfum. Heureusement, le mois dernier, un client m'a donné une bouteille d'alcool. Je l'avais fini et c'est difficile à trouver. On descend?

– Non.

Pourquoi ce "non" lui avait-il échappé? Mais il était invité chez sa fiancée! Il serait sûrement en retard.

Et il fut très en retard, parce qu'il dut aussi passer avant chez lui pour se glisser dans la baignoire et faire disparaître le parfum de Lulla. Mais tandis qu'il allait chez sa fiancée, il se renifla la main: sous l'odeur du savon, on sentait encore le parfum de la fille.

Le lendemain, il retourna auprès de Lulla et le lendemain encore. Lulla résista une semaine, puis avoua à Giugiù que l'obligation d'aller avec d'autres hommes acommençait à lui peser. Et ainsi Giugiù se mit à s'aprésenter dès l'ouverture de la Pension et il était toujours le premier client de Lulla.

En commençant avec Giugiù la besogne journalière, Lulla trouvait moins pesante la suite. La demi-heure passée, Giugiù, au lieu de s'en aller, restait au salon. Dès qu'un client choisissait Lulla, les deux amoureux se regardaient dans les yeux et Giugiù lui faisait un signe d'encouragement. Mais Lulla montait quand même l'escalier avec le client comme si elle grimpait le calvaire.

Un soir entrèrent trois étrangers et on vit tout de suite que, non contents d'être soûls, ils avaient aussi envie de chercher noise, de se bagarrer. A une petite ils dirent qu'elle avait les jambes tordues, à une autre qu'elle avait un œil qui disait merde à l'autre, à Lulla, le plus trapu, en fourrant son nez entre ses seins et en reniflant, lui dit qu'ils puaient, qu'on aurait dit de la ricotta rancie.

Giugiù bondit du divan, s'approcha du trapu et lui donna une grande mornifle en plein visage, lui écrasant le nez. Tandis que le type se plaquait un mouchoir sur le nez en jurant, les deux autres se jetèrent sur Giugiù, en la défense duquel intervinrent trois clients. Ça se termina en bagarre générale: les filles, effrayées, se réfugièrent dans l'escalier et de là poussèrent des cris qu'on eût dit des corbeaux, le chevalier Lardera, debout sur le divan, le bâton brandi en l'air, criait:

– Finissez-moi ça! Ici, c'est pas un bordel où on peut faire du bordel!

Mme Flora dut envoyer chercher les carabiniers. Lesquels emmenèrent à la caserne Giugiù et les trois étrangers. Giugiù fut relâché au bout de deux heures, après que l'adjudant-chef lui eut soufflé dans les bronches. Mais la chose, au pays, vint à se savoir et à force d'être colportée arriva aux oreilles du commandeur Gaetano Mongitore, le père de la fiancée de Giugiù. Homme aux très sévères principes moraux, le commandeur, ayant fait venir Giugiù dans son cabinet de notaire, lui communiqua que les fiançailles, de ce moment, devaient être considérées comme définitivement rompues, parce que jamais au grand jamais il ne donnerait sa fille à un jeune corrompu, habitué de maisons mal famées et à quatre-vingt-dix pour cent déjà infesté par querque maladie vénérienne.

– Votre fille, vous pouvez vous la garder, les fiançailles, je les aurais rompues dans les prochains jours, je suis amoureux d'une autre, lui arépondit Giugiù en se levant et en sortant de la pièce.

Il s'en fallut de peu qu'à cette réponse, le notaire Mongitore fût victime d'une attaque. Alors, à peine Giugiù sorti, il envoya chercher le chevalier Antonio Firruzza qui, pour les principes moraux, les comportements convenables et la dignité, était peut-être pire que le commandeur.

– Je sais que je vais te donner un grand déplaisir avec ce que je vais te dire, très cher cousin, attaqua Mongitore qui, en fait, une fois la fureur passée, se régalait, il s'offrait un moment de récréation vu que le chevalier Firruzza lui avait toujours été 'ntipathique.

Et il lui raconta toute l'affaire. Le greffier du notaire dut apporter un verre d'eau au chevalier qui perdait connaissance. Mais comment ça ?! Son fils Giugiù, qui était un ange descendu sur terre, se bagarrer au bordel ? Qu'est-ce qui lui était arrivé à ce pauvre petit ? On l'avait ensorcelé, on lui avait jeté un sort ? Ce furent les paroles que Mongitore dit ensuite qui éveillèrent ses soupçons.

– Il m'a dit qu'il est tombé amoureux d'une autre. Je ne voudrais pas qu'il ait perdu la tête pour une de ces femmes de mauvaise vie.

Le soir même le chevalier Firruzza eut quarante de fièvre. A sa femme, qui changeait les compresses froides sur sa tête, voyant qu'il s'agitait et qu'il n'en voulait pas, vint l'idée de dire :

– Laisse faire une main de femme.

On eût dit que le chevalier avait atrouvé un scorpion dans le lit. Il poussa violemment sa femme, enleva les compresses et, en se mettant debout en chemise de nuit, se mit à crier comme un fou.

– Hors d'ici tout de suite, toi et tes maudites mains de femme !

Le lendemain, l'esprit clair, le chevalier alla voir en secret Stefano Jacolino, le gérant de la Pension.

– Don Stefano, est-ce que vous savez qu'il y a une certaine histoire entre mon fils Giugiù et une femme de la Pension ?

– Je n'en sais rien.

En réalité, il savait tout, Mme Flora le tenait constamment informé de ce qui se passait. Le chevalier dut lui raconter, en transpirant, l'affaire. Et à la fin, don Stefano dit seulement :

– Je vais me renseigner.

– Je vous remercie. Et je voudrais vous faire une prière.

– Si je peux, à votre service.

– Si c'est vrai, je vous prierais d'éloigner c'te femme.

Don Stefano le fixa en plissant les yeux.

– L'éloigner en quel sens ?

– L'envoyer loin d'ici.

– Et où ça ? Les quinzaines ne se font plus. Je ne peux pas l'échanger contre une autre fille.

– Si vous ne pouvez pas l'échanger, ça veut dire que vous devez la licencier.

Don Stefano éclata de rire.

– Et pourquoi je devrais me priver d'un revenu ? Pour vos beaux yeux ? Et puis, vous voulez m'expliquer quelles raisons je donne à la fille pour la licencier ?

– Vous lui dites qu'elle a fait tomber amoureux mon fils !

– Chevalier, vous me permettez de parler latin* ? Si votre fils est con, pourquoi devons-nous en faire porter la faute à la fille ?

Désespéré, hors de la grâce de Dieu, le chevalier était allé parler avec l'adjudant-chef des carabiniers.

---

* "Parler latin", en Sicile, veut dire "parler clair, avec des grots mots".

– Et qu'est-ce que vous voulez de moi, chevalier ?

– Je veux adénoncer c'te femme, l'envoyer en prison.

– Mais vous ne pouvez pas !

– Et pourquoi ?

– Parce que cette femme fait ce qu'elle est autorisée à faire.

– Alors, interdisez à mon fils d'aller la trouver.

– Mais ça non plus, je ne peux pas ! Votre fils est majeur !

Alors le chevalier fut pris d'un accès de folie. Le visage violet, tremblant des pieds à la tête, il s'était levé et avait pointé un doigt sur l'adjudant-chef :

– J'ai compris ! Tout je compris ! Complices vous êtes ! Entremetteurs et carabiniers, vous êtes tous complices pour provoquer ma ruine !

L'adjudant-chef, brave homme qui ne prêtait pas attention aux paroles, avait fait semblant de ne pas avoir entendu. Il avait réussi à calmer le chevalier en lui promettant qu'il parlerait à Giugiù, mais comme ça, en ami, rin d'officiel. Et de fait, l'ayant rencontré dans la rue, il l'appela, le prit vras dessus vras dessous, le fit entrer sous un porche.

– Mais toi, fiston, ton père, tu veux le voir mort ?

A cette question du carabinier, Giugiù avait aussitôt fondu en larmes, désespéré.

– Non, non ! Mais j'y peux rien, adjudant ! C'est plus fort que moi ! Moi, je peux pas me passer de Lulla ! C'est une brave fille, adjudant ! Elle est brave et bonne !

Et où était-il écrit que les putes étaient toutes des femmes mauvaises ? A l'officier, il lui revint à l'esprit ce jour où une putain s'était jetée à la mer pour sauver un minot qui se noyait et cette autre fois où les filles d'un bordel avaient fait une collecte pour un malheureux qui mourait de faim et cette autre fois où…

Alors, il demanda à voix basse :

– Et elle, elle t'aime bien ?

– Oui, beaucoup.

– Tous mes vœux, dit l'adjudant-chef, en conclusion de l'entrevue.

Quand Giugiù passa à la banque retirer un peu d'argent, le caissier lui expliqua que ce mois-ci, le chevalier, non content de ne pas avoir versé l'argent qu'il mettait tous les trois mois sur le compte de son fils, avait averti qu'il n'y aurait plus d'autre versement. Donc, Giugiù se retrouvait d'un coup sans un centime. Sa première pinsée fut : "Et comment je vais faire pour payer la passe ?"

Il s'adressa à son ami Tano Gullotta qui lui donna cinq cents lires pour tenir le coup. Mais le manque d'argent aggrava la situation. Passque Giugiù acommença d'éprouver, en plus de la jalousie, de l'envie pour les clients qui pouvaient se payer toutes les passes qu'ils voulaient avec Lulla, alors que lui ne pouvait s'en permettre qu'une par jour, s'il voulait faire durer l'argent qui lui servait surtout à manger, vu que son père ne voulait plus le recevoir à la maison. Alors, assis sur le divan du salon, la barbe longue, le cheveux ébouriffé, l'œil exorbité, il lançait des regards si mauvais aux clients que qucrques-uns en eurent marre et allèrent se plaindre à la *Signura*.

– Celui-là, il fait passer l'envie à tout le monde !

Mme Flora en référa à don Stefano Jacolino. Lequel, un soir, s'aprésenta à la Pension et emmena Giugiù faire un petit tour dehors.

– Toi, à partir de demain, si tu veux venir te faire ta demi-heure avec Lulla, viens. Tu en as parfaitement le droit. Mais tu n'as pas le droit, ensuite, de rester à l'intérieur ne serait-ce qu'une minute de plus. Quand t'as fini, tu sors et tu rentres chez toi, tu vas au café, tu vas cogner tes cornes là où ça te chante, mais dedans la Pension, t'y restes pas. J'ai été clair ?

– Très clair. Mais si je veux rester ?

– Tu verras.

Le lendemain, Giugiù resta jusqu'à l'heure de la fermeture. Personne ne lui dit rin. Mais quand il sortit qu'il était minuit, deux pirsonnes l'encadrèrent, le chopèrent, lui flanquèrent une dérouillée à coups de bâton. Giugiù rentra chez lui les os brisés, il se coucha mais n'aréussit pas à s'endormir, non tant à cause des douleurs que du fait que, dans la chaleur du lit, sa peau faisait flotter le parfum de Lulla et qu'il se sentait mourir de ne pas l'avoir à son côté. Le lendemain aussi il dut rester couché, il n'arrivait pas à se lever. Et il lui vint une certaine pinsée qui devrait tout résoudre.

– Qu'est-ce qui t'est arrivé ? lui demanda don Stefano Jacolino avec un petit sourire quand il le vit surgir devant ses yeux, encore endolori de coups.

– Je tombai de l'escalier.

– Qu'est-ce que tu veux ?

– Je viens vous faire une proposition.

– Toi à moi ? Bon, allez, je t'écoute.

– Don Stefano, mettons que je vienne là et que je vous dise : je veux Lulla seulement et exclusivement pour moi. Combien ça va me coûter ?

– Explique-toi mieux.

– Don Stefano, combien d'heures de travail fait une fille à la Pension ? Six heures, pas vrai ? De six heures de l'après-midi à minuit. Si je la veux rien que pour moi, combien ça va me coûter ?

– Et pourquoi tu me le demandes à moi ? Demande-le à Mme Flora. Sur le tarif il y a écrit qu'au-delà de la demi-heure, on se met d'accord sur le prix. Parle avec elle. Tu lui dis que tu veux Lulla pour une journée entière et tu vois combien…

– Mais moi, c'est pas pour une seule journée que je la veux. Je la veux, pour commencer, un mois entier.

Don Stefano écarquilla les yeux.

– Et où tu les prends, les sous ? Tu le sais combien ça rapporte une petite comme Lulla chaque mois ? Tu en as idée ?

– Oh que non, c'est vous qui devez me le dire. Faites les comptes et dites-moi combien ça va me coûter. De toute façon, que moi je devienne le seul client de Lulla, vous, ça ne vous fait ni chaud ni froid, pas vrai ?

– Vrai c'est. Mais que les choses soient claires : paiement anticipé pour tout le mois. Et s'il n'y a pas assez d'argent, quand il est fini, Lulla retourne tout de suite besogner avec les autres clients. D'accord ? Je te fais savoir le chiffre.

Le chiffre lui fut communiqué par Mme Flora.

– Don Stefano dit que pour un mois ça va te coûter six mille quatre cents lires. En fait, ça coûterait six mille quatre cent seize lires, mais il te fait une réduction passque tu lui es sympathique. Qu'est-ce que je dois lui dire ?

– Que d'ici deux ou trois jours maximum, je lui amène l'argent.

Ceci arriva le 24 du mois de mai.

Ciccio et Nenè, deux lundis de suite, ne s'étaient pas aprésentés à la Pension. Ils n'avaient pas de temps à perdre, ils étudiaient. Ils avaient su qu'on ne ferait pas passer le bac, on le leur donnerait ou on le leur refuserait suivant les notes de l'année.

On ne pouvait faire passer l'examen passque les Américains et les Anglais occupaient Pantelleria, le bruit de la canonnade lointaine arrivait certains matins à la classe, pendant une minute la leçon s'interrompait, tous restaient à écouter en silence ces grondements étouffés qui étaient comme les pas des soldats 'miricains et 'nglais qui s'approchaient toujours plus.

Le 27, à dix heures du matin, au-dessus de Vigàta arrivèrent une dizaine d'appareils qui firent un bombardement à dresser les cheveux sur la tête.

Don Filippo Tarella, caissier en chef du Banco Siculo, resta à son poste tandis que le directeur et les autres employés couraient aux abris. Et cinq minutes n'étaient pas passées que surgit un type, le visage masqué par un foulard rouge, un revorber à la main.

– Manquait plus que toi ! dit don Filippo qui était nerveux à cause des bombes qui faisaient trembler le sol.

Qu'est-ce que tu veux? Le coffre est fermé et le directeur emporta les clés.

– Donne-moi tout ce que tu as sous la main, dit l'homme.

Don Filippo y pinsa un moment.

– Sous la main, j'ai six mille sept cent cinquante lires. Ça te suffit?

– Ça me suffit.

Le caissier prit l'argent et le lui tendit.

– Merci, dit l'homme.

– A votre service, dit le caissier.

L'homme se prit l'argent et s'en fut.

L'après-midi de ce jour, don Filippo, le caissier, alla trouver le chevalier Firruzza.

– Vous savez quoi, chevalier? Ce matin on a braqué la banque. Un homme entra avec un revorber, il me menaça et se prit tout ce que j'avais: six mille sept cent cinquante lires.

– Je suis désolé. Mais pourquoi vous venez me le raconter à moi?

– Passque l'homme qui me braqua était votre fils Giugiù.

– Mais qu'est-ce que vous racontez? Comment pouvez-vous penser que mon fils…

– Chevalier, la main sur le feu. Votre fils, je l'aconnais depuis qu'il est né, je sais comment il marche, comment il parle.

– Attendez un moment, dit le chevalier, frappé d'une pinsée soudaine.

Il se leva, alla en courant dans sa chambre à coucher, ouvrit le tiroir de l'*armuar*. Le revorber qu'il gardait depuis des années dans une boîte à chaussures n'était plus là. Il revint en traînant les pieds, s'écroula sur la chaise.

– Vous voulez le dénoncer? demanda-t-il, tête baissée.

– Non, dit le caissier. Si vous m'autorisez à prélever la même somme sur votre compte, je comblerai la perte et ne dirai rin à pirsonne. De toute façon, au moment du braquage, j'étais seul. Et je suis une tombe.

– Merci, dit le chevalier.

L'histoire du braquage, et de qui l'avait commis, le caissier commença à la raconter à la première personne qu'il rencontra en sortant de chez le chevalier. Ce même après-midi, Giugiù remit l'argent à don Stefano qui mata le calendrier en faisant un rapide calcul.

– Tu commences aujourd'hui ?

– Oui.

– Alors, jusqu'au 27 juin, Lulla est ta chose. Mais tu ne peux pas dormir à la Pension. Tu peux y rester de six heures à minuit. Et fais attention : durant ces heures-là, la petite, tu dois pas l'emmener dehors. Moi, je te conseille de ne pas la sortir même le lundi. Moins vous vous faites voir et mieux c'est. Et je te le répète : si tu me donnes un autre mois le 27 juin, Lulla continuera à être tienne, mais si tu ne paies pas, la fille reprend la besogne normale.

Au début du mois de juin, les résultats furent proclamés. Nenè, Ciccio et Jacolino furent admis et donnèrent une grande fête à la Pension. Lulla y participa aussi, mais sans Giugiù. A la fin du repas, Nenè se mit à parler avec la petite.

– T'as pas l'air bien gaie, Lulla. Pourtant, il me semble que la solution qu'a trouvée Giugiù fonctionne, non ?

– Bien sûr que pour l'instant, elle fonctionne. Mais qu'est-ce qu'il va se passer le 28 de ce mois, si Giugiù ne donne pas l'argent d'un autre mois à don Stefano ?

– Il a des problèmes pour les lui donner ?

– Bien sûr, il n'a pas l'argent.

– Mais il ne peut pas se le procurer comme il a déjà fait ?

– Il dit qu'il n'a plus le courage. Et moi je ne me le sens pas de recommencer comme avant. La seule idée d'aller avec un autre homme me fait vomir.

Désormais, il était adevenu impossible de continuer à rester au pays, c'était tout pareil que d'être en première ligne. L'électricité manquait, l'eau manquait. La famille de Ciccio fut évacuée à Cammarata, mais celui-ci obtint de rester à Vigàta au moins jusqu'au départ de Nenè. Passque ce dernier avait reçu une carte postale rose qui l'appelait par anticipation sous les drapeaux. Étant donné qu'il était dans la Marine, il devait se présenter le 1er juillet à Ràghiti, un bled de la côte orientale de l'île, au Commandement de la Marine.

Le dernier lundi où Ciccio, Nenè et Jacolino purent aller manger à la pension tombait le 26. En fin d'après-midi, comme le soir commençait à tomber, Ciccio et Nenè allèrent au môle acheter en contrebande une caisse de poissons frais, il y avait deux patrons de *rizzi viliari* qui sortaient encore pêcher, au péril de leur vie. Tandis qu'ils attendaient l'entrée des barques dans le port, ils virent arriver Lulla et Giugiù. Ils s'étonnèrent. C'était la première fois qu'ils sortaient en public ensemble.

Lui était sur son trente et un, coiffé, rasé, il avait en main un couffin de paille tressée, de ceux qui servent pour les courses. Lulla aussi était bien habillée et elle s'était tant parfumée avec son parfum spécial que l'air tout autour d'elle embaumait. Ils se tenaient par la main, on eût dit qu'ils allaient se marier.

– Vous allez où ?

– On est fatigués de rester dedans une chambre. On va faire une promenade avec une barque que Giugiù a louée.

Ciccio lança un regard ahuri à Giugiù.

– Mais t'es devenu dingue ? Tu le sais pas que la mer est pleine à ras bord de bateaux 'miricains et 'nglais ? Ils vont vous tirer dessus et vous tuer !

– Mais non ! dit Giugiù. Je reste tout près de la côte. Il n'y a pas de danger. S'ils cherchent Lulla, dites-leur que demain après-midi je la ramène à la Pension. De toute façon, jusqu'à demain, Lulla est à moi.

– Mais tu veux rester dehors toute la nuit ? demanda Nenè.

– Bien sûr. Et aussi demain matin. Je nous apportai à manger, arépondit Giugiù en montrant le couffin.

– Pour moi, vous êtes fous, conclut Nenè.

Ils se dirent au revoir en s'embrassant et Lulla et Giugiù poursuivirent jusqu'à une petite barque amarrée un peu plus loin. Ils montèrent, levèrent les bras pour saluer, Lulla s'assit, Giugiù commença à ramer. Comme à ce moment les deux *rizzi viliari* arrivaient, Ciccio et Nenè les perdirent de vue. Le repas ne s'avéra pas très joyeux. Une fille, Tania, qui avait su que son frère était mort à la guerre, voulut manger, avec la permission de Mme Flora, assise sur les genoux de Nenè qui la câlinait. De temps en temps, elle se mettait à chialer et enfonçait son visage dans la poitrine de l'homme pour ne pas se faire voir. Et une fois, elle demanda :

– Lulla t'a embrassé ?

– Oui, il y a quelques heures.

– Tu as son parfum sur toi, très fort.

On se dit au revoir au milieu des pleurs et des baisers baignés de larmes. Devant la Pension, Ciccio et Nenè s'étreignirent très très fort, sans ouvrir la vouche. Ils restèrent un moment comme ça, puis se lâchèrent et chacun prit sa route.

Nenè alla à Montelusa pour passer sa dernière nuit avec Giovanna, le lendemain matin il retourna à Vigàta dire au revoir à son père qui restait pour accomplir son devoir de militaire, puis il partit pour le bourg où avait été évacuée sa mère, avec toute la parentèle maternelle et paternelle. A sept heures de l'aube du dernier jour de juin, il prit le train pour Ràghiti. Il pinsait y être trois heures plus tard, mais arriva le lendemain matin. Les bombes avaient endommagé la voie ferrée et ils durent attendre, arrêtés en rase campagne, qu'on la répare. Il s'apresenta au Commandement de la Marine, montra la carte, on l'envoya auprès d'un quartier-maître qui écrivit son nom sur un registre.

– Où est-ce que je vais prendre l'uniforme ?

L'autre se mit à rire.

– L'uniforme ? Mais quel uniforme ? Ici, on a rien du tout ! Que dalle ! Prends ça, mets-toi-le au bras. Ça, c'est ton uniforme !

Et il lui tendit un brassard sur lequel était écrit : CREM.

– Et qu'est-ce que ça veut dire ?

– Ça signifie Corps royal des équipages maritimes.

– Et comment je me le fixe, ce brassard ?

– Avec une *spingula di nurrizza.*

– Hein ?

– Une épingle à nourrice.

– Donnez-la-moi.

– On en a pas. On a plus rin, tu veux le comprendre, oui ? Et maintenant, va au port, au Commandement opérationnel, présente-toi au lieutenant Cammarano.

– On va m'embarquer ?

– Putain, sur quoi tu veux qu'on t'embarque, tu me l'expliques ? On a plus de bateaux pour prendre des marins, ils sont tous hors d'usage. Il nous reste que les yeux pour chialer.

Nenè se glissa le brassard dans la poche et sortit. A peine eut-il mis le pied dehors qu'arrivaient les avions. Il dut courir dedans le premier abri qu'il trouva. Ils rigolaient pas, ces appareils, c'était encore pire qu'à Vigàta.

Enfin, il se présenta au Commandement opérationnel qui était installé dans un énorme bunker, on aurait dit un entrepôt, à l'entrée du port. Le lieutenant de vaisseau Cammarano, tout en cherchant une épingle à nourrice, lui expliqua que la tâche de l'équipe à laquelle il avait été assigné consistait à fouiller les décombres pour récupérer les cadavres ou des bouts de cadavres. L'épingle trouvée, il lui fixa lui-même le brassard au bras gauche de la chemise à manches courtes. Nenè lui demanda où il pouvait laisser la mallette avec un peu de rechange qu'il avait emportée.

– Lit vingt-cinq en bas, dit le lieutenant.

Le dortoir était à l'intérieur du même bunker, lits superposés à deux places. A côté de chaque lit, une caisse de bois sans couvercle.

– Dépose tes affaires là et écris ton nom sur le carton prévu à cet effet.

Durant toute la nuit, le bruit sourd des bombes arriva au bunker. Ils sortirent à l'aube, à cinq heures du matin, il faisait déjà une chaleur à transpirer. Ils durent se mettre à besogner, avec les pelles qu'ils avaient prises à la sortie du bunker, dans une rue où presque toutes les maisons s'étaient écroulées. Nenè était indécis. Par où commencer?

– Toi, marin, viens là!

Il était appelé par un type en civil, avec sur la manche de la chemise les grades de second quartier-maître.

– Va-t'en creuser là, dit-il en lui montrant une montagne de gravats au milieu de la rue. Là, il y avait un bordel de luxe.

– Vous pensez que là-dessous y'a querqu'un de mort? demanda Nenè.

Il sentait que la découverte d'un cadavre le bouleverserait.

– Je ne crois pas. Il y a deux jours, nous avons tout nettoyé. De toute façon, par acquit de conscience…

– Écoutez… et si je trouve… que dois-je faire?

– Appelle querqu'un. Tu t'arranges.

Au bout de trois heures de besogne, une moitié de mur encore debout s'écroula d'un coup dans un nuage dense de poussière. Sans pouvoir plus respirer, Nenè se mit à tousser, ses yeux pleuraient. Quand le nuage se dissipa, il s'aperçut que le mur, en tombant, avait découvert une espèce d'arcade sous laquelle était dressée une très belle statue de marbre blanc. Celle d'une jeune fille grandeur nature, complètement nue, la tête dressée, les cheveux en chignon, les seins de forme parfaite, les yeux fermés, la bouche ouverte dans un cri silencieux, les mains unies en prière. Que représentait cette œuvre étrange? Qu'il y eût des statues de femmes nues dans un bordel était normal, mais ce qui ne l'était pas, c'était l'attitude du personnage qui eût mieux convenu à une église. Il s'approcha, la toucha. Ce n'était pas du marbre, mais de la chair. Un *catàfero*, un cadavre féminin changé en statue par la rigidité de la mort et par la poussière. On ne voyait pas de blessures, elle était intacte, elle avait dû mourir sous la poussière de l'effondrement, qui l'avait complètement recouverte et étouffée.

Nenè jeta la pelle, plié en deux par le vomissement et l'horreur.

Le soir, à peine eut-il touché sa couchette qu'il s'endormit, écrasé de fatigue. Et en vérité, même les bombes qui tombaient tout près ne le réveillèrent pas. Un sommeil d'arnimal.

Au bout de trois jours, il eut une demi-matinée de permission. Il parcourut les rues désertes en se sentant abruti, au point qu'il n'aperçut pas une voiture qui arrivait à vive allure. Le chauffeur réussit à freiner, mais heurta tout de même Nenè qui tomba à terre.

– Vous vous êtes fait mal ? demanda le conducteur descendu de la voiture.

– Non, dit Nenè.

Il voulut se relever et l'homme lui tendit la main pour l'aider.

Mais Nenè blêmit. Parce qu'il tenait dans la sienne la main d'un mort.

Le baronnet Giannetto Nicotra di Monserrato, celui dont on avait trouvé quelques restes sous les gravats de sa maison de campagne. Le baronnet pour lequel Siria s'était peut-être tuée.

Parfaitement reconnaissable, bien qu'il se fût fait pousser des moustaches qu'on eût dit un cavalier tartare. Lui aussi areconnut Nenè.

– Ah, c'est toi ? Bonjour, le salua-t-il, tranquille.

– Mais vous... vous...

Nenè n'arrivait pas à se reprendre, non pas du choc de la voiture, mais de l'ahurissement de se retrouver devant cet ex-mort.

– Écoute, je vais t'expliquer. Attends-moi dans ce café. Je gare mon auto et j'arrive.

Il le vit se diriger en boîtant vers la voiture de sport qu'il connaissait bien. Donc, il n'était pas vrai non plus qu'on la lui avait volée. Nenè alla s'asseoir à la table du café et, au bout d'un moment, le baronnet arriva.

– Qu'est-ce que tu prends?

– Un jus d'orange.

Nenè avait la bouche sèche.

– Moi, je me bois un ersatz.

Le baronnet passa la commande et fixa le jeune homme.

– A voir ton air abasourdi, je comprends que j'ai réussi à vous baiser tous.

– Eh oui. Vous savez que Siria a disparu après que...

– Bien sûr que je le sais. On s'était mis d'accord, elle m'a rejoint à un endroit convenu et on est partis ensemble dans ma voiture pour Messine.

– Donc, Siria le savait que votre mort était qu'une comédie?

– Bien sûr qu'elle le savait! On avait mis l'histoire au point ensemble.

Un garçon apporta la commande.

– Mais nous n'avons pas réussi à passer le détroit, reprit le baronnet. Alors, nous sommes venus ici, où j'ai un ami fidèle et lui, il m'a donné les clés d'une maison de campagne qui lui appartient, à quatre kilomètres du pays. Aujourd'hui, je suis descendu à Ràghiti pour faire les courses. Dis-moi, tu as à faire? Passque sinon, viens manger chez nous. On fera une bonne surprise à Siria.

– Non, merci, je dois retourner au Commandement. Mais une chose, par curiosité. De qui étaient les restes humains sous votre maison?

– Ah, ça ? D'un *catàfero* quelconque, aujourd'hui on en trouve deux pour un sou, c'est mon intendant qui me l'a procuré. On lui a mis mon anneau au doigt pour qu'il n'y ait pas de doute. Et puis, aprofitant du bombardement, l'intendant a fait sauter ma maison à la dynamite.

– J'ai compris. Mais vous n'avez pas peur que votre intendant se mette à parler ?

– C'est pas dans son intérêt. Je lui ai vendu toutes mes propriétés à un prix d'ami. Ça l'arrangerait pas, que la loi s'intéresse à ça. De toute façon, il aura assez de problèmes avec ma femme dès qu'elle découvrira qu'avant de mourir, je lui ai tout vendu, à lui.

– Que pensez-vous faire, après ?

– Dès que possible, on passe le détroit. On va en Suisse. Là, j'ai largement assez d'argent.

Il se leva, chercha de la monnaie dans sa poche.

– C'est moi qui offre, dit Nenè.

Ils se serrèrent la main.

– Et attention, hein... silence... dit le baronnet.

– Ne craignez rien. Et bien le bonjour à Sir... à Madame.

– Je transmettrai.

Vers trois heures du matin, le 9, Nenè qui désormais dormait d'un sommeil toujours plus semblable à la mort, les os rompus par la fatigue de l'habituelle besogne de terrassement, fut aréveillé par le marin qui dormait dans la couchette voisine.

– Les Américains sont en train de débarquer.

– Où ?

– Entre Gela et Licata.

Hors du bunker avait dû se déchaîner un déluge universel de bombes, de tirs de mitrailleuses et de canons, de fer et de feu. Dans les rues, il ne devait pas y avoir âme qui vive. Comme il avait dormi tout habillé, n'ayant pas eu la force de retirer ses vêtements, il se leva, traversa le dortoir où tous étaient réveillés et agités par la nouvelle et il arriva à la porte du bunker : il n'y avait pas de sentinelle. Il sortit, la nuit semblait le jour, il s'arracha le brassard, le jeta à terre. Il était en train de déserter, mais il s'en contrefoutait éperdument. Il marcha, léger et rapide, dans l'absolue certitude, va savoir pourquoi, qu'aucune bombe, aucun projectile, aucun éclat ne le toucherait. A force de marcher, il se retrouva hors de Ràghiti, prit la route qui conduisait vers le village où s'était repliée sa famille. A l'aube, un camion de militaires 'taliens le prit à bord mais dix kilomètres plus loin, il n'y avait plus de camion, il brûlait, mitraillé par les avions. Nenè et les soldats, en voyant les appareils arriver, s'étaient jetés en pleine campagne et s'étaient sauvés. Puis la brûlure du soleil l'empêcha de marcher encore, il n'y arrivait plus. Il s'approcha d'une bicoque, il y avait un vieux péquenot devant la porte.

– Je peux avoir un peu d'eau ?

Sans parler, le vieux lui tendit un broc d'eau très fraîche.

– Tu désertas ?

– Oui. Comment vous avez fait pour le comprendre ?

– Passque des petits comme toi, jusqu'à présent, j'en ai vu passer minimum une dizaine. Tu as faim ?

– Oui.

– Je peux juste te donner querques fèves grillées.

Tous les véhicules militaires italiens qu'il rencontrait allaient en sens contraire du sien, ils se retiraient de la côte où les 'Miricains avaient débarqué. Un camion s'arrêta d'un coup, incapable de repartir. Les soldats qui étaient à bord descendirent, le cachèrent hors de la route, les roues dans un fossé, coururent grimper dans une autre camionnette déjà très pleine.

C'était ça, la défaite ? Ce sauve-qui-peut désordonné, à la chacun pour soi ? Et où elle allait finir, cette course ? Sur le détroit, dans cette espèce de bouchon qui donnerait le temps aux avions 'miricains de tous les tuer ?

Voyant venir un camion chargé de marins en uniforme, il se mit au milieu de la route et ne bougea pas jusqu'à ce que le conducteur s'arrête. Il s'approcha du type au volant, un gradé au visage aimable.

– D'où vous venez?

– De Vigàta.

– Allez, allez, ne perds pas de temps, repars, criaient les marins sur le plateau, en faisant signe au chauffeur de se presser.

– Pourquoi vous vous retirez?

– Parce que Vigàta est complètement détruite, tous les bateaux coulés ou explosés, les batteries antiaériennes n'existent plus. Les Américains vont entrer dans le pays d'ici deux ou trois jours au maximum. Si tu veux venir avec nous, on va vers Messine...

– Non, merci.

Où était passé son père? Au lieu de se sentir abattu par les nouvelles que lui avait données le marin, ce fut comme un force nouvelle et désespérée qui s'était emparée de son corps. Nenè se mit à avancer en courant presque. Il fut dépassé par un side-car allimand qui s'arrêta tout de suite. Le conducteur, par gestes, lui demanda s'il voulait être emmené et le fit asseoir à la place du passager. A peine la moto reprit-elle sa route que Nenè s'endormit d'un coup. Tandis qu'il se sentait sombrer dans un puits sans fond, il lui sembla que querqu'un lui balançait des grosses pierres très lourdes pour l'enfoncer encore plus. Il ne sut pas combien de temps il dormit. Il s'aréveilla dedans un silence parfait, même les oiseaux ne chantaient pas. Le side-car était arrêté sur un côté de la route, le soldat allimand dormait.

Il dormait? Et alors pourquoi il n'avait qu'une moitié de tête? Nenè bondit hors du siège, se mit à courir, son sommeil avait été si proche de l'évanouissement qu'il n'avait même pas entendu l'avion qui avait mitraillé le side-car.

Il passa la nuit entre sommeil et veille, le dos appuyé à un caroubier. A dix heures du matin, il arriva au pays où était réfugiée sa mère, ses pieds nus saignaient. En le voyant, sa mère fondit en larmes et lui demanda :

– Tu as des nouvelles de papa ?

– Non.

Trois heures plus tard, les Américains arrivèrent et collèrent sur les murs une proclamation qui commençait comme ça :

GOUVERNEMENT MILITAIRE ALLIÉ
DU TERRITOIRE OCCUPÉ

Moi, Harold R.L.G. Alexander, G.C.B., C.S.I., D.S.O., M.C., général, commandant général des Forces alliées et gouverneur militaire du territoire occupé, déclare ce pays restitué à la liberté...

– Contradiction il y a, observa Nené. Si ce pays a été libéré, pourquoi ils l'appellent territoire occupé ?

En tout cas, ça signifiait qu'il y avait plus de combats sur la route pour Vigàta. Il trouva une bicyclette et le lendemain, à l'aube, partit. Pour arriver à Vigàta, il lui fallut huit heures, passque les centaines et les centaines de camions 'miricains chargés de soldats et de munitions, de chars grands comme des maisons, les jeeps capables de grimper sur un mur lisse le jetaient continuellement hors de la route. La première fois, il se retrouva au milieu d'un champ aux arbres tranchés et brûlés, à l'herbe desséchée. Il y avait quatre chars 'taliens éventrés, les tourelles arrachées. Près des chenilles cassées de l'un des véhicules se trouvaient deux amas d'estrasses qui à une époque avaient été gris-vert. Deux misérables morts qui cuisaient au soleil. La quatrième fois, il déboula à côté d'un camion vide qui s'était dérouté exprès. Les soldats 'miricains du camion se trouvaient à une vingtaine de mètres, alignés les uns derrière les autres, et parlaient, riaient, plaisantaient, se donnaient des claques sur les épaules. Pris de curiosité, il s'approcha.

A l'ombre d'un olivier sarrasin, une jeune femme nue était couchée sur le dos sur une toile de camouflage.

A côté, assis à terre sur la jupe et le chemisier de la petite, il y avait un quadragénaire tout vêtu de noir, chapeau noir sur la tête, avec dans une main une éponge qu'il trempait dans un bidon plein d'eau. Devant lui était disposée une boîte à chaussures ouverte et remplie de dollars. La petite gardait les yeux fermés, bras étendus et jambes ouvertes, et semblait morte, elle ne bougeait qu'en fonction des poussées que lui donnait le 'Miricain couché à ce moment sur elle, elle ne chassait même pas les mouches qui se posaient sur son visage, ne se réanimait même pas quand l'homme habillé de noir, après avoir pris les dollars de l'Américain et les avoir jetés dans la boîte, lui passait l'éponge trempée entre les jambes.

Le bourg était très détruit mais pas complètement, comme le lui avait dit le marin. Sa maison était debout, celle d'en face écroulée. Il ouvrit avec la clé qu'il avait toujours gardée sur lui. Dedans, tout était en ordre.

Alors, il se dirigea vers le port au milieu d'un capharnaüm d'allées et venues de vedettes qui se transformaient en camions dès qu'elles touchaient terre et transformaient les routes où elles passaient en torrent d'eau et de boue. Juste au milieu du port, debout sur une plate-forme haute d'une dizaine de mètres, un soldat dirigeait le trafic.

Puis il vit son père qui parlait avec deux officiers de la marine 'miricaine. Son cœur lui remonta dans la gorge. Il n'aréussit plus à bouger, il resta là, à savourer sa vue. Ils s'en étaient sortis, ils y étaient arrivés.

En rentrant chez lui se reposer, Nenè passa devant la Pension Eva. Il eut du mal à s'orienter, il fut confus, il pensa s'être trompé d'endroit. Puis il comprit. Il n'arrivait pas à s'orienter passque la Pension n'était plus là, pas plus que l'entrepôt de bois à côté. Rin, une esplanade faite de débris. Il manqua se sentir mal, mais l'émotion ne fut pas aussi forte qu'il s'y attendait, il avait subi trop de choses affreuses.

Comme il arrivait devant la mairie, il entendit qu'on l'appelait. Il se retourna. C'était Ciccio. Ils se précipitèrent l'un vers l'autre en criant leurs noms comme d'une distance infinie, se serrèrent si fort qu'ils manquèrent s'étouffer mutuellement.

– Quand tu arrivas ? demanda Ciccio.

– Il y a une heure, en bicyclette. Et toi ?

– A hier. Écoute, ce soir, on mange ensemble ? Comme ça on parlera en paix et on fera la fête.

– Bien sûr. Mais qu'est-ce qu'il y a à fêter, à part le fait que nous sommes vivants ?

Ciccio s'étonna.

– Mais aujourd'hui, c'est pas le jour de tes dix-huit ans ?

Nenè se donna une tape sur le front.

– Vrai c'est ! Tu sais que je l'avais oublié ? Et où on va ?

– Dehors. Au pays, il fait trop chaud et ça pue la mort. Je m'occupe de tout, ne t'inquiète de rien. Je passe te prendre en bicyclette à huit heures.

Ciccio avait raison. Avant, il n'y avait pas fait attention, maintenant il la sentait fort, la puanteur de la mort. Les *catàferi* étaient encore sous les ruines, avec toute cette grande chaleur, ils fermentaient.

Ciccio passa à huit heures. Sur le porte-bagage de la bicyclette, il avait attaché un cageot de trois kilos de sardines très fraîches, au guidon pendouillait un sac avec dedans trois grandes bouteilles de vin.

– Le vin, tu te le prends sur ta bicyclette que sinon je peux pas pédaler. En chemin, il faut qu'on trouve une tuile propre.

– Tu parles qu'on va en trouver, avec toutes ces maisons démolies. Où on va ?

– A l'Escalier des Turcs.

Avant de sortir du pays, ils trouvèrent la tuile de terre cuite qu'ils cherchaient. Ils arrivèrent à pied à l'Escalier quand le soleil était déjà bas. Il n'y avait personne sur la plage, mais la mer ne semblait pas faite d'eau, elle étincelait seulement de l'acier des navires de guerre et de transport qui bouchaient l'horizon. Ils s'étendirent un moment sur le sable, puis Ciccio se mit à chercher des pierres hautes pour soutenir la tuile, tandis que Nenè allait ramasser du petit bois sec. Sur le sable, ils construisirent un cercle de pierres haut d'une trentaine de centimètres puis Nenè alla chercher la tuile qu'il avait mise dans l'eau pour la nettoyer. Pendant ce temps, Ciccio glissait un peu de bois dans le cercle de pierres, l'allumait et y posait la tuile, partie concave vers le haut. Maintenant, il fallait attendre que la tuile rougisse de chaleur en la gardant toujours à feu vif. Ils débouchèrent une bouteille et acommencèrent à boire.

Il s'aprésentait une nuit qui semblait faite exprès, pas de vent, rien que la rumeur légère légère du ressac.

– Au fond, quand on y pense bien, ça fait plus ou moins une quinzaine de jours qu'on s'est pas vus, mais ça me semble une éternité, dit Ciccio. Comment tu t'en es sorti, à Ràghiti ?

– Mal.

Et il lui raconta ce qu'il avait dû faire.

– Et toi, à Cammarata ?

– Je m'en sortis bien. Tu sais quoi ? J'ai rencontré Angela, ta cousine.

– Ah oui ? Comment elle va ?

– La santé, ça va. Avec le mari, non, c'est un salopard qui reste toute la journée et aussi une partie de la nuit dehors à jouer aux cartes. Mais, au pays, on dit que quand il est pas là, Angela reçoit. Elle se console en lui mettant les cornes. On m'a raconté que…

Mieux valait changer de sujet.

– Et sur la Pension, qu'est-ce que tu me racontes ?

– Tu vois, moi, je partis pour Cammarata le 27, mais je dus rentrer ici un matin, le 4 juillet. Et la Pension avait été détruite la veille. Il y avait les deux Jacolino, père et fils, qui pleuraient. Ils me dirent que la *Signura* et les petites étaient toutes saines et sauves, elles étaient dans l'abri cette nuit-là.

– Et maintenant, elles sont où ?

– Pff... Où en est la tuile ?

– Il faut attendre encore un peu. Écoute, je veux te raconter un truc qui m'est arrivé à Ràghiti. Mais tu ne dois le dire à pirsonne.

– Juré.

– Le baronnet et Siria sont vivants.

Ciccio, qui était allongé à contempler les étoiles, se leva d'un bond à moitié, s'appuyant du coude sur le sable. On ne voyait que son visage ébahi à la lueur du feu.

– Mais qu'est-ce que tu racontes ?!

Et Nenè lui rapporta toute l'histoire. Après, ils en rirent beaucoup.

– Alors, si ça se trouve... commença Ciccio, pris par une pinsée tandis qu'il riait.

– Quoi ?

– Si ça se trouve, Lulla et Giugiù ont fait pareil.

– Pourquoi ? Ils ne sont plus revenus de leur promenade en barque ?

– Non, nous deux, nous sommes les derniers à les avoir vus. Si ça se trouve, ils sont arrivés par là-bas, ils sont descendus sur la rive et s'en sont allés va savoir où.

– Mais la barque vide a été retrouvée ?

– Non. Mais tu comprends, avec ce bordel qu'il y a eu en mer, là-devant, ces jours-ci...

Ils éclatèrent encore de rire. Ils ne s'étaient pas aperçus qu'ils avaient bu la première bouteille en se la passant et repassant. Riant toujours, ils mirent les premières sardines à cuire sur la tuile rougie. Il ne fallut pas longtemps avant qu'elles soient bien grillées. Ils acommencèrent à se les manger avec les mains, en silence.

Manger, vivre et écouter le ressac. Avec l'ami retrouvé.

Qu'y avait-il de mieux dans la vie ? La guerre était passée, elle semblait maintenant si loin que peut-être elle n'avait pas eu vraiment lieu. Tu veux voir qu'ils se l'étaient rêvée ?

Puis, d'un coup, ils s'arrêtèrent de manger, se matèrent dans la lumière du feu, la même question dans les yeux.

Passque les sardines qu'ils avaient dans la bouche odoraient, très légèrement, de menthe poivrée, de cannelle et de clous de girofle.

Ils s'étaient trompés, Lulla et Giugiù n'étaient pas descendus sur la rive. Ils s'étaient embarqués pour mourir ensemble au milieu de la mer.

Ciccio recommença à manger. Et comme Nené s'en abstenait, Ciccio dit :

– Allez, couillon, qu'est-ce que tu veux y faire ? Après tout, ce parfum me paraît un excellent condiment.

Ils rentrèrent au pays vers trois heures du matin. Ils s'étaient tapé toutes les sardines et avaient descendu les trois bouteilles. Ils étaient soûls, ils tombèrent un grand nombre de fois de leurs bicyclettes. Arrivés devant ce qui avait été la Pension Eva, ils s'arrêtèrent, descendirent de leur vélo et s'assirent au milieu des gravats. Ciccio sortit un paquet de cigarettes 'miricaines, s'en alluma une. Au bout de quelques instants, Nenè dit :

– Donne-m'en une aussi.

Et il se fuma la première cigarette de sa vie.

Note de l'auteur

Cet écrit entend être simplement des vacances narratives que je me suis offertes au seuil de mes quatre-vingts ans.

Ce n'est pas un récit historique ni un récit policier, c'est un récit heureusement inqualifiable. Surtout, je pense que la lecture présente des difficultés mineures à celles de mes autres romans. Et donc, le titre est différent des titres habituels.

Je désire avertir que ce récit n'est pas autobiographique, même si j'ai prêté à mon personnage principal le diminutif qu'employaient à mon endroit mes amis et ma famille. Le contexte est authentique. Et la Pension Eva a vraiment existé, tandis que les noms de ses habitués et les événements décrits sont inventés.

Bibliothèque italienne

Carlo Animato
Nerofumo (avec C. Miccinelli)

Andrea Camilleri
L'Opéra de Vigàta
Le Coup du cavalier
La Disparition de Judas

Ottavio Cappellani
Qui est Lou Sciortino ?

Marcella Cioni
La Corimante

Giancarlo De Cataldo
Romanzo Criminale

Laura Grimaldi
Monsieur Bovary
Le Soupçon
La Peur

Loriano Macchiavelli
Les Souterrains de Bologne
Bologne ville à vendre

Clara Miccinelli
Nerofumo (avec C. Animato)

Giuseppe Montesano
Dans le Corps de Naples
Cette vie mensongère

Luigi NATOLI
Le Bâtard de Palerme
La Mort à Messine
Coriolano

Eduardo REBULLA
Le Triomphe de la mort

Michele SERIO
Pizzeria inferno

WU MING 1
New Thing

WU MING 2
Guerre aux humains

Suite italienne

Giulio Angioni
L'Or sarde (N° 80)

Maurizio Braucci
La Mer détraquée (N° 54)

Andrea Camilleri
La Disparition de Judas (N° 113)
Le Coup du cavalier (N° 118)

Massimo Carlotto
Arrivederci amore (N° 73)
Le Maître des nœuds (N° 87)
Rien, plus rien au monde (N° 116)
L'Immense Obscurité de la mort (N° 117)

Sandrone Dazieri
Sandrone & Associé (N° 47)
Sandrone se soigne (N° 55)
Le Blues de Sandrone (N° 88)

Piergiorgio Di Cara
Ile noire (N° 79)
L'Ame à l'épaule (N° 107)

Laura Grimaldi
La Peur (N° 44)
Le Soupçon (N° 45)
La Faute (N° 68)

Luigi Natoli
Histoire des Beati Paoli-Tome 1 : Le Bâtard de Palerme (N° 35)
Histoire des Beati Paoli-Tome 2 : La Mort à Messine (N° 36)
Histoire des Beati Paoli-Tome 3 : Coriolano (N° 37)

Grazia Verasani
Quo vadis, baby ? (N° 120)

Cet ouvrage a été composé par
Atlant'Communication
aux Sables-d'Olonne (Vendée)

Impression réalisée sur CAMERON par
la Société Nouvelle Firmin-Didot

en juin 2007

N° d'édition : 0721001 – N° d'impression : 85742
Dépôt légal : août 2007

Imprimé en France